Simone M. Ehrhardt

Tote Pfarrer reden nicht

Ein Penelope-Plank-Krimi

scm R.Brockhaus

Umschlag: Ralf Krauß, Herrenberg
Satz: Christoph Möller, Hattingen
Druck: Finidr s. r. o., Tschechien
ISBN-10: 3-417-24963-5
ISBN-13: 978-3-417-24963-7
Bestell-Nr. 224.963

1

Der Regen prasselte an die Fensterscheibe und riss mich aus dem Schlaf. Draußen bogen sich die Bäume im Wind, so dass die Blätter in wirbelnden Massen von den Ästen gerissen wurden. Es war Sonntag, natürlich, das hätte ich auch ohne Kalender sagen können. Irgendeinem seltsamen Naturgesetz folgend, waren die Sonntage der letzten sechs Wochen alle von ähnlicher Witterung gewesen. Deshalb war der Gemeindeausflug ausgefallen, das von Alexandra und mir geplante Picknick musste einem Videonachmittag weichen und das traditionelle Sommerabschlussgrillen von Alex' Eltern fand in einem provisorisch errichteten Zelt statt. Im Grunde störte mich das nicht weiter, aber Moira fand es grässlich, weil sie Wasser verabscheute. Der Sommer hatte ein frühes Ende gefunden, ertränkt in lauter Tiefausläufern. Dafür gab es einen zeitigen Herbst und eine Armee von Spinnen, die sich vom Garten ins Haus geflüchtet hatte. Zu meinem großen Bedauern interessierte sich Moira überhaupt nicht für diese Tierchen, so dass mir nur der Staubsauger blieb, wenn es mir auch jedes Mal etwas unmoralisch vorkam, einen dieser Achtbeiner im Saugrohr seinem Ende entgegentrudeln zu lassen.

Ich drehte mich auf die andere Seite und schielte über das Kissen hinweg nach draußen. Ein vorwurfsvolles Maunzen erinnerte mich an Moira, die hungernd und missmutig vor der Haustür saß und darauf wartete, dass ich ihren Napf füllte und den Regen abstellte. Da ich sie ignorierte und liegen blieb, kam sie schließlich die Treppe herauf und machte einen Satz auf mein Bett. Sie rollte sich auf Höhe meiner Füße zusammen und tat so, als gäbe es mich gar nicht. Ich schlüpfte unter der Decke hervor, zog mir eine Jogginghose über und ging nach unten in die Küche. Nachdem ich den Kaffee aufgesetzt hatte, öffnete ich eine frische Dose Katzenfutter und klapperte extra laut mit Moiras Napf und dem Löffel. Ich wusste, dass sie nicht lange widerstehen konnte, und wirklich, kaum hatte der Napf den Boden berührt, steckte sie schon ihre Nase hinein.

Eine Stunde später lief ich durch den Regen zu meinem Auto. Ich war mit Alex zum Gottesdienst verabredet. Eigentlich ging ich in eine andere Gemeinde als sie, aber gelegentlich gesellte ich mich zu ihr und ihrer Familie, speziell dann, wenn der Gospelchor einen Auftritt hatte. Diese Leute waren einfach phantastisch. Wenn sie sangen, hielt es mich kaum noch auf meinem Platz. Kurz bevor ich die Tür meiner alten Klapperkiste mit dem nötigen Kraftaufwand schließen konnte, hörte ich jemanden meinen Namen rufen. »Fräulein Plank!« Was hatte denn Frau Gerberich um diese Uhrzeit schon draußen zu suchen?

»Fräulein Plank, wagen Sie es ja nicht, mir die Tür vor der Nase zuzuschlagen!« Schicksalsergeben blickte ich in das Gesicht meiner Nachbarin, die jetzt gebückt zu mir hereinsah.

»Guten Morgen, Frau Gerberich. Was tun Sie denn bei diesem Regen hier draußen?« Sie warf mir einen verächtlichen Blick zu.

»Regen? Das nennen Sie Regen, dieses bisschen Geniesel?« Ich hoffte inständig, dass sie nicht mit einem weiteren Vortrag über meine Generation anfangen würde. »Fräulein Plank, Ihr Garten ist ein Schandfleck für die ganze Nachbarschaft, das muss ich Ihnen einmal sagen!« Nun ja, das hörte ich eigentlich öfter von ihr. »Ihre Hecken wuchern wie Kraut und Rüben und Ihr Vorgarten ist die reinste Wildnis, ein Paradies für jedes Unkraut, das vorüberfliegt! Warum tun Sie nicht endlich etwas dagegen?« Was sollte ich dazu sagen? Ich liebte meinen Garten sehr und er war eigentlich genauso, wie ich ihn haben wollte. Und genauso, wie ihn mir Großtante Edith hinterlassen hatte.

Frau Gerberich fand Vergnügen darin, die Ähnlichkeiten zwischen mir und Großtante Edith zu betonen. Ich konnte diese Behauptungen leider nicht nachprüfen, denn meine Großtante war vor einigen Jahren gestorben. Sie hatte mir ihr Haus vererbt, obwohl wir uns kaum kannten. Möglicherweise war ein Familientreffen die Ursache für diesen Entschluss, denn bei dieser besagten Zusammenkunft erwähnte ich ihr gegenüber meinen Wunsch, Schriftstellerin zu werden. Sie war sehr aufgeschlossen für Kunst jeder Art. Meine Mutter erzählte mir, dass sie sogar hin und wieder junge Maler und Musiker, die sie für vielversprechende Talente hielt, unterstützt hatte. Nicht, dass Tante Edith in Geld geschwommen wäre, aber dieses Anliegen war ihr wirklich wichtig und deshalb nahm sie gerne einige Einschränkungen dafür in Kauf. Für meine Nachbarn war sie eine Exzentrikerin gewesen, die ein verständnisloses Kopfschütteln nach dem anderen auslöste. Schade, dass ich sie nicht besser kennen gelernt hatte. Ich war natürlich maßlos erstaunt gewesen, als mich die Nachricht erreichte, ich sei ihre Alleinerbin.

Da ich zunächst keine Ahnung hatte, worin dieser Nachlass bestand, schwelgte ich für ein paar Tage in den herrlichsten Träumen von Reichtum, Luxus und immerwährendem Urlaub. Die Ernüchterung kam spätestens beim ersten Betreten des Hauses: Es war alt, ziemlich klein und überaus renovierungsbedürftig. Meine Eltern redeten mit Engelszungen auf mich ein, dass ich es so schnell wie möglich verkaufen sollte. Deshalb war es auch ein ziemlich großer Schock für sie, als ich ihnen mitteilte, dass ich demnächst umziehen und diese »Bruchbude« bewohnen wollte. Sie wehrten sich mit Händen und Füßen dagegen, dass ich einige hundert Kilometer entfernt in einer fremden Stadt in einem heruntergekommenen Haus leben wollte. »Heruntergekommen« war sicher etwas übertrieben – meine Eltern übertreiben ganz gern, wenn sie ihre einzige Tochter von etwas abbringen möchten – aber ungefähr traf es schon ins Schwarze. Aus Rücksicht auf ihre Nerven erzählte ich ihnen auch erst einmal nicht, dass ich zunächst mein Glück als Schriftstellerin versuchen würde, statt mir gleich eine Arbeit zu suchen. Wenn Großtante Edith mich schon in dieser Hinsicht ermutigen wollte, dann war ich es ihr einfach schuldig, es zu probieren. Eine Schuld, die ich gern auf meine Schultern nahm. Allerdings ließ die Karriere noch auf sich warten.

Das erste Jahr verbrachte ich damit, zu renovieren, was ich konnte. Manches erforderte leider Handwerker und da meine Großtante mir zwar ihre Behausung mitsamt den Möbeln, aber kein Bargeld oder wertvollen Schmuck vermacht hatte, fraß das meine Ersparnisse beinahe restlos auf. Dafür hatte ich schließlich ein hübsches Häuschen, in dem ich mich wohl fühlte, und das sogar ab und zu die Bewunderung von Besuchern fand, da es dank einer ungewöhnlichen Architektur viele gemütliche Ecken und Winkel besaß und Großtante Edith eine Menge alter Möbel hinterlassen hat, die inzwischen Antiquitätenstatus aufweisen konnten.

Nach diesem Jahr der Schwerstarbeit schrieb ich meinen ersten Roman und ich wünschte sagen zu können, dass er sofort ein Erfolg wurde. Eher das Gegenteil war der Fall. Bei mir rief kein Verleger an, um mich zu fragen, wann ich das nächste Manuskript liefern könne. Wenn ich mit meinem Verleger sprechen wollte, musste ich selbst zum Telefon greifen, und dann landete ich auch nur bei meinem Lektor, der stets so klang, als sei mein Buch ein großer Knick in seiner Karriere. Was ich nicht glaubte, offen gestanden. Aber wie die Lage derzeit war, musste ich dankbar sein, überhaupt einen Verleger gefunden zu haben, der einen Lektor bezahlte, damit dieser sich mit meinem Werk auseinander setzte. Da der Fluss finanzieller Mittel aus dieser Richtung auf sich warten ließ, arbeitete ich gelegentlich für kleinere Unternehmen oder Kanzleien als freiberufliche Schreibkraft. Auch vom Gemeindebüro von Alex' Kirche bekam ich hin und wieder Aufträge, aber meistens keine großen. Normalerweise schaffte Barbara Hemmerling, die Sekretärin, es selbst, alles zu erledigen.

Moira war auch ein Erbstück meiner Großtante. Ich wusste es nur noch nicht, als ich hier einzog. Am Anfang kam sie nur gelegentlich vorbei, um sich füttern und streicheln zu lassen, aber sobald es Winter wurde, blieb sie ganz bei mir. Sie fragte mich nicht, viel eher hatte ich das Gefühl, dass es mir gnädig erlaubt sei, weiterhin hier zu wohnen und sie zu versorgen. Als feststand, dass sie bleiben würde, überlegte ich mir einen Namen und kam irgendwann auf Moira, weil er einen geheimnisvollen Klang hatte, der zu ihrer Herkunft und Geschichte (beide unbekannt) passte. Frau Gerberich fand es nicht angenehm, eine Katze in der Nachbarschaft zu haben, und das nun schon seit etlichen Jahren, denn Moira hatte vor mir bereits meine Großtante als Futter- und Wärmequelle adoptiert, wie mir Frau Gerberich wiederholt versicherte.

Sie war aber, ehrlich gesagt, selbst keine angenehme Nachbarin. Sie fand ständig etwas, das sie störte und worüber sie mich aufklären musste. So wie an diesem Sonntag.

Glücklicherweise wurde es ihr dann doch bald zu nass, obwohl es nur »ein bisschen nieselte«, und so konnte ich mich erleichtert davonmachen. Als ich zehn Minuten später bei der Kirche ankam, fragte ich mich ernsthaft, ob ich mich im Tag geirrt hätte. Gähnende Leere umgab mich, kein Mensch war zu sehen, kein anderes Auto parkte auf dem Parkplatz. Während ich noch verdutzt überlegte, was ich nun tun sollte, dämmerte mir, dass ich mich zwar nicht im Tag, jedoch in der Uhrzeit getäuscht hatte. Ich hatte schlicht und einfach vergessen, dass der Gottesdienst hier eine Stunde später anfing als in meiner Gemeinde. Mit einem tiefen Seufzer ließ ich den Kopf auf das Lenkrad sinken. Es war Sonntagmorgen, ich war müde, es war lausig kalt und ich stand mutterseelenallein auf einem Parkplatz und hatte eine Stunde totzuschlagen. Schließlich kam mir die Idee, dass ich hineingehen und diese Zeit zum Beten nutzen könnte. Ich war noch nie zum Beten in einer richtigen Kirche gewesen, also war das doch eine einmalige Gelegenheit, um eine Erfahrung reicher zu werden. Und wer wusste, ob ich nicht den Geist Gottes in einer ganz besonderen Weise spüren würde?

In der Kirche herrschte absolute Stille. Immer wenn ich eine Kirche betrat, war sie nun groß oder klein, prachtvoll oder schlicht, hatte ich das Gefühl, an einen heiligen Ort zu kommen. Da mochten sich manche Leute noch so aufregen über zu üppige Verzierungen und zu viel Reichtum an einem Ort der Anbetung, dennoch wurden die Kirchen zu Gottes Ehre gebaut, um ihm nahe zu sein und seine Gegenwart zu spüren. Und genau das empfand ich, wenn ich in eine Kirche kam. Diese hier war weder besonders groß noch besonders klein, auch nicht betont einfach oder protzig, sie passte einfach zu unserer Kleinstadt. Das Kirchenschiff war sehr hell, weil durch die großen, teilweise bunten Fenster mit biblischen Motiven viel Licht einfallen konnte. Ganz besonders gefiel mir das dreieckige Oberlicht, das sich im Dach befand. Wenn dort die Sonnenstrahlen hereinleuchteten, überliefen mich schon beinahe Schauer, so schön war es.

Ich ging den Gang entlang nach vorne, auf den Altar zu. Den ungestörten Augenblick wollte ich nutzen, um mich davorzustellen und herauszufinden, wie man sich dort fühlte. Als ich fast dort war, fiel mein Blick auf die Tür an der rechten Seite, die nach hinten in den Altarraum, zum Glockenturm und zu verschiedenen anderen Räumen führte. Normalerweise war sie durch einen schweren Samtvorhang verborgen, aber der Vorhang war nicht zugezogen und die Tür stand einen Spalt weit auf. Ich war unschlüssig, ob ich mich einfach in eine Bankreihe setzen oder herausfinden sollte, warum die Tür offen war. Es gab vermutlich eine völlig einleuchtende Erklärung, denn warum sollte eine Tür nicht hin und wieder geöffnet werden? Und schließlich hatte der Gottesdienst noch nicht begonnen, es bestand also kein Grund, sie zu schließen. Ich sagte mir, dass es absolut irrational sei, sich wegen einer simplen Tür so viele Gedanken zu machen und ging hinüber. Neugier kann eine ganz schöne Last sein!

Es quietschte nicht ein bisschen, als ich die massive Holztür aufdrückte. Der Hausmeister hielt wohl alles sehr gut in Schuss, ölte regelmäßig alle Scharniere. Sehr aufmerksam von ihm! Der Gang war in dämmriges Licht getaucht, so dass ich nur zwei weitere Türen in meiner unmittelbaren Nähe erkennen konnte, eine rechts und eine links. Der Gang machte einen leichten Bogen und verschwand im Dunkeln. Ich ging vorsichtig weiter. Irgendetwas lag in der Luft, ganz eindeutig. Ich ermahnte mich, meine Phantasie im Zaum zu halten und wappnete mich gleichzeitig für eine Begegnung mit einem Einbrecher oder einer anderen wilden Bestie, die über mich herfallen würde. Aus dem Dunkeln tauchte ein schwarzes Loch auf, der Aufgang zum Turm, der eigentlich ebenfalls mit einer Tür verschlossen sein sollte. Eigentlich war es sehr unwahrscheinlich, dass jemand hinaufgegangen war, denn die Glocken wurden von unten elektronisch bedient. Der Turm war eng, kalt und zugig und von oben hatte man auch keine gute Aussicht, denn es gab lediglich Schlitze und Löcher, durch die das Läuten der Glocken nach außen drang.

Als ich näher kam, bemerkte ich einen unförmigen Schatten vor dem Treppenaufgang. Es sah aus wie ein großer Gegenstand, der mit einem schwarzen Tuch abgedeckt worden war. Wer würde etwas davor ablegen, noch dazu so, dass es den Aufgang blockierte? Ich trat näher heran und besah es mir. Ein grausiger Verdacht schlich sich in meinen Hinterkopf, aber ich ließ nicht zu, dass er in meinen Gedanken klare Gestalt annahm. Doch ich musste etwas tun, ich konnte nicht ewig nur dastehen und starren. Zögernd ging ich um das schwarze Etwas herum. Da sah ich die Hände und die Schuhe und auch einen Teil des Kopfes. Entsetzt blickte ich in das leblose Gesicht und die aufgerissenen Augen. Es war der Pfarrer in seinem Talar. Und er sah nicht ohnmächtig aus, sondern sehr tot.

2

Frau Plank, was hatten Sie so früh schon in der Kirche zu tun?« Der Kriminalkommissar war dabei, meine Nerven, die ich ohnehin nur mit äußerster Mühe unter Kontrolle halten konnte, zu ruinieren. Dabei hatte er sich nicht mal vorgestellt. Er saß in der Kirchenbank vor mir, einen Kollegen mit Notizblock und gezücktem Stift neben sich. Natürlich hatte ich Verständnis dafür, dass sie ganz genau wissen mussten, was ich gesehen hatte, aber ich fand es eigentlich ausreichend, dass ich diese Frage bereits zweimal beantwortet hatte. Offenbar konnte der Kommissar nichts mit meiner Begründung anfangen. Ich lehnte mich frustriert an die harte Rückenlehne und schloss die Augen. Mir war kalt und ich zitterte – kein Wunder nach diesem Schock! Der Beamte mit dem Notizblock hatte mir freundlicherweise eine Decke gebracht, die aber zu klamm war, um mich richtig zu wärmen.

»Das habe ich Ihnen doch schon gesagt. Glauben Sie mir nicht?« Verzweiflung schwang weinerlich in meiner Stimme mit, denn ich wollte das alles so schnell wie möglich hinter mich bringen und nach Hause.

»Doch, doch«, versicherte er mir mit einem eindringlichen Blick, »aber ich möchte herausfinden, was Sie gedacht und getan haben. Möglicherweise haben Sie den Mörder ja gestört und etwas Wichtiges gesehen, das Ihnen jetzt entfallen ist.« Mörder – was für ein furchtbares Wort! Bisher hatte er das tunlichst vermieden.

»Ich wollte in den Gottesdienst, weil ich mit meiner Freundin verabredet war. Aber dann merkte ich, dass ich eine Stunde zu früh dran war, weil ...« Er unterbrach mich.

»Bitte kommen Sie zu dem Teil, wo Sie die Kirche betreten haben.« Jemand hielt mir eine Tasse mit heißem Kräutertee unter die Nase. Genau das, was ich brauchte! Der Kommissar schaute fragend, während der Notizblockkollege ebenfalls eine Tasse entgegennahm. »Von der Sekretärin«, erklärte die Stimme hinter mir, bevor sie sich entfernte. Die gute Barbara. Ich hatte keine Ahnung, wie sie auf die Idee gekommen war, uns Tee zu machen, aber ich liebte sie dafür.

Ich berichtete also noch einmal, was ich getan und gesehen hatte. »Als ich sah, dass es Pfarrer Wagner war, lief ich zuerst zum Pfarrbüro, aber da war abgeschlossen. Deshalb ging ich zum nächsten Haus, um von dort die Polizei zu rufen.« Die Leute waren beinahe aufgeregter als ich und wollten mich gar nicht mehr fortgehen lassen, aber ich dachte, es wäre meine Pflicht, zur Kirche zurückzukehren und auf die Polizei zu warten. Ich stand noch keine drei Minuten bibbernd in der Eingangstür, als sie schon da waren. Ein paar Beamte begannen sofort, alles abzusperren – keinen Augenblick zu früh, denn die ersten Gottesdienstbesucher kamen soeben angefahren – während ich mit einigen anderen dorthin ging, wo der Pfarrer lag. Nach gründlichem Betrachten der Örtlichkeiten und der Leiche begannen die beiden Polizisten, die mich noch immer in der Mangel hatten, mit ihrem Interview.

Eine kleine, ausgesprochen attraktive Frau in einem blauen Mantel näherte sich uns mit energischen Schritten. »Dr. Frank«, sprach der Kommissar sie an, »haben Sie etwas herausgefunden?« Sie verzog den Mund zu einem spöttischen Lächeln. »Natürlich habe ich etwas gefunden« sollte das wohl heißen.

»Und?« Der Notizblockmann saß mit gespannter Aufmerksamkeit über seinen Stift gebeugt und wartete auf ihre Ausführungen.

»Der Körper ist noch warm, ausgeprägte Totenflecke am ganzen Körper sowie beginnende Starre – ich würde sagen, er ist seit zwei bis drei Stunden tot. Todesursache ist eine Schädelverletzung am Hinterkopf, herbeigeführt durch einen schweren Schlag mit einem großen, scharfkantigen Gegenstand. Natürlich muss ich ihn erst genauer untersuchen, aber in der Wunde befinden sich kleine Partikel, die ich für Rost halte. Es sieht so aus, als wäre er die Treppe hinuntergefallen. Diverse Hämatome und Knochenbrüche sind vorhanden, allerdings kann ich noch nicht sagen, ob dieser Sturz ante oder post mortem stattfand.«

Der Kommissar nickte nachdenklich mit dem Kopf. »Zwei bis drei Stunden, das wäre also ...« Er sah auf seine Armbanduhr.

Automatisch tat ich dasselbe – es war 10.23 Uhr. »Er wurde demnach zwischen sieben Uhr und acht Uhr dreißig umgebracht.« Dr. Frank schob die Hände in die Manteltaschen und schwieg.

»Vielen Dank«, sagte der Kommissar zu ihr. Sie nickte.

»Ich nehme ihn mit, um mit der Obduktion zu beginnen. Der Fotograf ist soweit fertig.« Sie wollte sich umdrehen, aber mein Interviewer hielt sie zurück.

»Hat man es Ihnen nicht gesagt?«

»Was gesagt?« Die Ärztin bekam einen eisigen Gesichtsausdruck.

»Dr. Frey wird die Autopsie machen.«

»Dr. Frey? Wieso denn? Ich wurde mit der Untersuchung beauftragt.« Zornesröte breitete sich auf ihren Wangen aus.

»Nun, Sie müssen das verstehen.« Er sah auf seine Finger, bevor er etwas verlegen fortfuhr. »Der Pfarrer ist eine bekannte Persönlichkeit dieser Stadt, da sind natürlich alle daran interessiert, dass die kompetentesten Leute an diesem Fall arbeiten.«

»Und ich bin nicht kompetent, wie?« Sie sah aus, als würde sie ihm gleich an den Hals springen.

»Doch, natürlich sind Sie das. Aber kein Mensch kennt Sie. Dr. Frey dagegen arbeitet seit dreißig Jahren hier; er ist bekannt und beliebt. Außerdem war er ein persönlicher Freund des Pfarrers. Es ist der Wunsch des Bürgermeisters.«

»Anscheinend hat sich dieser Mord schnell herumgesprochen.« Ohne Verabschiedung stürmte sie zur Kirche hinaus.

Endlich wurde auch ich entlassen. Ich sah den Hausmeister und den Vikar in einer anderen Ecke der Kirche stehen und sich miteinander unterhalten. Der Hausmeister wirkte um Jahre gealtert, der Vikar war in sich zusammengefallen. Der Schweigsame mit dem Notizblock ging mit mir hinaus, um mich zu meinem Auto zu bringen. Der Gottesdienst hätte eigentlich schon längst stattfinden sollen und entsprechend viele Leute waren vor der Kirche versammelt. Aufgeregtes Geschnatter lag in der Luft, aber es drangen nur vereinzelte Satzfetzen zu mir, denen ich keine Beachtung schenkte. Ich hatte nur noch einen Gedanken: nach Hause. Als wir uns einen Weg durch die Menge gebahnt hatten – wobei mir nur undeutlich bewusst wurde, dass ich im Mittelpunkt des Interesses stand – und schon fast bei meinem Wagen waren, hörte ich jemanden meinen Namen rufen.

»Pelo, warte! Penelope! Hallo!!!« Es war Alexandra, die auf uns zulief. Ich bemerkte, dass es nicht mehr regnete, als ich ihre braunen Haare fliegen sah. Der Beamte verabschiedete sich von mir – er konnte tatsächlich sprechen – und ich öffnete die Beifahrer- und Fahrertür meines Autos.

»Steig bitte ein«, sagte ich zu Alex, als sie keuchend neben mir stand. Wir setzten uns in meinen Fast-Oldtimer, ich startete wortlos den Motor und fuhr los.

»Wo willst du hinfahren?«, fragte Alex.

»Nur ein paar Ecken weiter, damit nicht noch jemand auf die Idee kommt, mit mir reden zu wollen«, erklärte ich.

»Was ist denn eigentlich los?«, platzte sie heraus, sobald wir außer Sichtweite der Kirche waren. Eigentlich wäre ich lieber auf direktem Weg zu meinem Haus gefahren, aber ich konnte Alex nicht einfach abservieren. Deshalb parkte ich unter einem ausladenden Baum in einer ruhigen Seitenstraße.

»Hat die Polizei euch nichts gesagt?«

»Nein, sie haben nur gesagt, dass die Kirche gesperrt ist und der Gottesdienst heute ausfällt. Warum denn nur?«

»Pfarrer Wagner ist umgebracht worden.« Sie wurde blass und es tat mir Leid, dass ich es so indiskret formuliert hatte, aber meine Kräfte waren aufgezehrt.

»Umgebracht? Du meinst ... getötet? Er hatte nicht vielleicht nur einen Unfall?« Sie war wirklich schockiert.

»Nein, es war ganz bestimmt kein Unfall. Jemand hat ihn erschlagen.«

»Erschlagen!« Sie starrte durch die Windschutzscheibe. »Aber warum denn nur?« Ich wusste keine Antwort, deshalb sagte ich nichts darauf. Nach einer Weile wandte sie sich wieder mir zu.

»Pelo, was hast du damit zu tun? Wieso warst du bei der Polizei da drinnen?«

»Ich habe ihn gefunden.« Als sie mich so teilnahmsvoll und aufmerksam ansah, war es um meine Fassung geschehen. Ich fing an zu schluchzen und Alex nahm mich in den Arm. Nachdem ich ihre Jacke eine Weile gründlich durchnässt hatte, fühlte ich mich etwas leichter. »Ich werde jetzt nach Hause fahren. Warum kommst du nicht heute Abend vorbei? Dann erzähle ich dir alles.« Sie sagte zu, drückte mich noch ein letztes Mal und stieg aus. Ohne ein weiteres Winken fuhr ich davon.

Als ich wieder aufwachte, wurde es draußen bereits dunkel. Verwirrt schaute ich auf den Wecker neben meinem Bett – schon nach sechs Uhr. Wieso hatte ich geschlafen? Ich fühlte mich, als hätte ich einen Boxkampf hinter mir. Es fiel mir wieder ein, als ich die Kleider sah, die ich am Morgen getragen hatte. Der Pfarrer, die Kirche, die Polizei! Nachdem ich zu Hause angekommen war, hatte ich mir einen Kakao gekocht, ein heißes Bad genommen und mich ins Bett gelegt. Ich musste geschlafen haben wie eine Tote, dachte ich bei mir, aber der unüberlegte Vergleich trieb mir die Röte ins Gesicht. Ein bisschen schuldbewusst tapste ich ins Badezimmer. Grauenhaft, was mir da aus dem Spiegel entgegensah. Ich band meine Haare zusammen und schüttete kaltes Wasser in mein Gesicht. Dann schlüpfte ich in eine Jogginghose und ein absolut schlabberiges, ausgeblichenes, viel zu weites und uraltes Sweatshirt, das ich nur anzog, wenn ich in Gammellaune war, und ging nach unten. Alex würde bald kommen und sie würde vermutlich etwas essen wollen. Sie wollte immer essen. Nicht, dass sie richtig ausgehungert hier ankäme, nein, nein. Ihre Mutter sorgte dafür, dass sie nicht ohne ordentliche Mahlzeiten aus dem Haus ging. Aber was immer ich ihr an Keksen, Chips, Nüssen oder ähnlichem Kleinkram hinstellte, war weg, bevor sie sich verabschiedete. Im Küchenschrank fand sich eine letzte Tüte Schokoladenkekse. Ich riss sie auf und schob mir einen in den Mund. Er schmeckte wie alte Pappe, aber ich konnte nicht beurteilen, ob das an dem Keks oder an mir lag. Ich schüttete die restlichen in eine Schüssel und nahm sie mit ins Wohnzimmer.

Sobald das Feuer im Kamin brannte, kam Moira aus ihrem Versteck herbeistolziert und setzte sich davor. Diese Vorliebe für Wärme, die Katzen hatten, war merkwürdig und ganz besonders bei dieser Katze. Moira legte sich zum Schlafen so dicht vor den Kamin, dass ich manchmal Angst hatte, ihr Fell könnte Feuer fangen. Sie begann ihr Putzritual: Seite links, Seite rechts, die Pfoten, Bauch, Rücken, der Kopf. Wenn ich Moira dabei beobachtete, drängte sich mir automatisch die Frage auf, weshalb Katzen ihren Kopf nicht so weit herumdrehen konnten wie Eulen. Dann könnten sie sich leichter das Genick putzen.

Ich kochte gerade eine Kanne Tee, als es klingelte. Alex schüttelte theatralisch ihren Schirm aus, ehe sie eintrat. Es regnete mal wieder, aber diesmal war es nicht nur ein Nieseln, sondern ein ausgewachsener Platzregen.

»Bist du etwa gelaufen?«, entfuhr es mir anstelle einer Begrüßung.

»Natürlich bin ich gelaufen. Mein Vater braucht das Auto heute Abend selbst und Mama fährt Oliver zu einem Sportfest, das zwanzig Kilometer außerhalb stattfindet.« Oliver ist Alexandras zehn Jahre jüngerer Bruder, ein wahrer Quälgeist – nicht immer, aber meistens.

»Ich hoffe, du fährst mich nachher nach Hause!«, sagte sie, während sie ihre durchweichten Schuhe auszog. »Hast du ein paar Socken für mich?« Ihre waren ziemlich nass, so dass sie sich ihrer ebenfalls entledigte und in die Küche trug, um sie auf die Heizung zu legen.

»Ja, oben sind welche. Hol sie dir einfach, ich muss mich um den Tee kümmern.« Sie ging die Treppe hinauf in mein Schlafzimmer, wo ich sie mehrere Türen öffnen und zuschlagen hörte, ehe sie mit einem »Hab sie!« verkündete, dass sie die richtige Schublade gefunden hatte. Indessen nahm ich die Teebeutel aus der Kanne und trug Tee und zwei Tassen hinüber zu Moira.

»Erzähl!«, befahl sie mir, als wir es uns gemütlich gemacht hatten, und schob sich einen Keks in den Mund. Ich erzählte. Es kam mir beinahe wie eine wortgetreue Version des Berichtes vor, den ich der Polizei am Morgen zwei- oder dreimal gegeben hatte. Für Alex hatte er allerdings nichts an Spannung oder Schrecken eingebüßt. Als ich fertig war, schüttelte sie den Kopf.

»Wie kann jemand nur einen Mord in einer Kirche begehen? An einem so heiligen Ort? Das ist doch absolut blasphemisch!« So genau hatte ich noch nicht darüber nachgedacht; ich war so mitgenommen gewesen von dem Vorfall an sich. Aber nach einer kurzen Bedenkpause gab ich ihr Recht.

»Das ist es! Und dass das Opfer ein Pfarrer ist, macht es nicht besser.«

»Wie könnte überhaupt etwas einen Mord besser machen?«, warf Alex philosophisch ein. »Wie geht es dir jetzt?«, wechselte sie dann abrupt das Thema.

»Ganz gut, denke ich. Ich habe lange geschlafen. Ich kann das inzwischen mit mehr Abstand sehen.« Das war die Wahrheit. Ich fühlte mich entspannt und nicht mehr so eingenommen von den Bildern und dem Gespräch mit den beiden Kommissaren. Fast kam es mir so vor, als wäre nicht ich diejenige gewesen, die das erlebt hatte.

»Ich habe noch nie einen Toten gesehen«, sagte Alex in meine Gedanken hinein.

»Ich vorher auch nicht. Aber das war gar nicht so schlimm, wie ich es mir vorgestellt hätte. Er sah ganz normal aus, fast wie schlafend, nur dass die Augen offen waren. Ich weiß, dass er eine schlimme Verletzung am Kopf hatte, aber der Talar hat sie verdeckt. Am meisten hat mich in dem Moment schockiert, dass es jemanden betrifft, den ich kenne, und der Tod an sich. Nicht der Anblick der Leiche, obwohl ich mich natürlich schon sehr erschreckt habe. Es war mehr das Bewusstsein, dass dieser Körper vor mir irgendwie leer ist, dass seine Existenz aufgehört hat. Ach, ich kann das nicht richtig ausdrücken ...«

»Es war unheimlich«, fuhr ich fort. »Da waren nur der Tod und ich in diesem dunklen Flur.« Ich hatte bis zum Aussprechen dieser Worte nicht gewusst, dass mich das beschäftigte. Manchmal bekamen die Dinge erst eine Gestalt, wenn man ohne nachzudenken redete.

»Ich kann mir gar nicht erklären, weshalb jemand so einen lieben und guten Menschen wie unseren Pfarrer umbringen sollte.« Alex schaute trübsinnig in ihren Tee. »Hat die Polizei etwas dazu gesagt?«

»Nein, jedenfalls nicht zu mir. Es war nur eine Ärztin da, die die Todeszeit festgestellt hat und dass ihn jemand auf den Kopf geschlagen hat. Mit einem rostigen Gegenstand.«

»Liebe Zeit, hast du eine Ahnung, wie viele rostige Gegenstände es in der Kirche gibt?«

»Ich kann es noch gar nicht richtig glauben, dass er tot ist. Und das, obwohl ich es mit eigenen Augen gesehen habe. Weißt du, dass ich ihn erst am Freitag im Büro gesehen habe? Ich habe zwei Tonbänder abgeholt, die ich abhören und in den Computer tippen soll.« Erschrocken hielt ich inne. Das hatte ich ja ganz vergessen! Bis morgen Vormittag sollte das doch erledigt sein! Da würde mir nichts anderes übrig bleiben, als mich an die Arbeit zu machen, sobald ich Alex nach Hause gebracht hatte. Aber vielleicht war es ganz gut so, denn dann konnte ich nicht so viel grübeln.

Weder Alex noch ich hatten etwas an Pfarrer Wagner bemerkt, das darauf hindeutete, etwas wäre nicht in Ordnung. Selbst am vergangenen Freitag war er gewesen wie immer: gutgelaunt und optimistisch. »Das wird schon klappen«, hatte er gesagt, als Barbara ihn darauf hingewiesen hatte, dass er für fünf Besuche nur noch eineinhalb Stunden Zeit hatte, und sie breit angelächelt. Wir beendeten den Abend, nachdem wir beide die zweite Tasse Tee geleert hatten. Alex nahm die leere Keksschüssel mit in die Küche, als sie ihre trockenen Socken von der Heizung holte. Während sie sich fertig machte, gab ich Moira ihr Betthupferl und zog mich dann selbst an. Draußen war es grausam kalt und nass, besonders nach der gemütlichen Wärme des Kamins. Wir setzten uns in mein Auto und fuhren los.

Bei Alex zu Hause war alles dunkel. Sie war froh, dass sie ihre Ruhe hatte, sagte sie, denn sie wollte noch lernen. Ich konnte es nicht leugnen: Alex war eine Streberin. Selbst jetzt in den Ferien lernte sie beinahe jeden Tag. Natürlich verstand ich, dass sie ihr

Studium mit einem guten Abschluss beenden wollte, aber sie übertrieb es ein wenig. Wer würde um halb zehn abends noch auf die Idee kommen zu lernen? Alex. Wir verabschiedeten uns und ich fuhr schnellstens nach Hause, um die Tonbänder abzutippen, was mich bis nach ein Uhr morgens beschäftigte. Todmüde fiel ich ins Bett.

Nach einer viel zu kurzen Nacht wirrer Träume erwachte ich am Morgen mit bleischweren Augenlidern, weil die Tigerkatze auf meinen Bauch sprang. Sie klagte mich mit lauter Stimme an und rieb den Kopf an mir, was heißen sollte, dass es Zeit für ihr Frühstück war. Ein Blick auf die Uhr sagte mir, dass sie sich um eine Stunde vertan hatte, aber schließlich gab ich mich geschlagen und wankte in die Küche hinunter, um ihr die Freude zu machen.

»Wehe, wenn das jetzt jeden Morgen so geht, dass du eine Stunde früher anfängst, Theater zu machen!« Mit dieser Drohung, die sie, wie befürchtet, völlig unbeeindruckt ließ, begab ich mich unter die Dusche. Trotz der schlechten Nacht fühlte ich mich erstaunlich gut. Der Gedanke an die gestrigen Ereignisse jagte mir keine Schauer über den Rücken. Ich sah auch nicht mehr so geisterhaft aus wie letzten Abend. Nach einem großen Milchkaffee, zwei Schokoladebroten – nach denen mir dann ein bisschen übel war – und einem ausgedehnten Blick in die Zeitung war es an der Zeit, meine Arbeit im Gemeindebüro abzuliefern. Die tägliche Andacht, zu der ich mir erst letzte Woche wieder vorgenommen hatte, sie noch regelmäßiger und am besten morgens zu machen, verschob ich mit einem kurzen Gebet und der Bitte um Vergebung auf den Abend. Ich ließ Moira im Garten zurück, weil das Wetter herrlich zu werden versprach, stieg in mein altes Auto und machte mich auf den Weg.

Im Gemeindebüro herrschte reger Betrieb. Als ich eintrat, saß Barbara völlig aufgelöst an ihrem Schreibtisch, zu ihren Füßen zwei Kartons mit Aktenordnern und Kleinkram. In Pfarrer Wagners Büro durchsuchten Beamte jeden Zentimeter, einer unterhielt sich mit dem Vikar Ulrich Weinzierl in dessen Büro auf der anderen Seite des Sekretariats. Das Telefon klingelte, aber Barbara machte keine Anstalten, es abzunehmen. Sie schnäuzte sich und schien erleichtert, mich zu sehen.

»Penelope, wie gut, dass du kommst! Hier ist das absolute Chaos.« Ihre sonst schon etwas hohe Stimme klang schrill und hektisch. »Ich weiß nicht mehr aus noch ein!« Erneut stiegen ihr Tränen in die Augen. Ab und zu liefen die Beamten durch den Raum oder riefen sich Bemerkungen zu.

»Warum gehst du nicht nach Hause und nimmst einen Tag Urlaub?«, fragte ich.

»Ich kann nicht. Jetzt doch nicht. Irgendjemand muss sich doch um alles kümmern. Er ...«, dabei wies sie auf Weinzierls geöffnete Tür, »... hat doch keine Ahnung. Und ständig klingelt das Telefon. Ich geh schon gar nicht mehr ran! Alles Gemeindemitglieder oder Reporter, die wissen wollen, wie der Herr Pfarrer umgebracht wurde und ob es schon etwas Neues gibt. Ich werde wahnsinnig!« Zum Beweis rollte sie mit den Augen und presste die Hände an den Kopf.

Ich zog die Diskette und die Tonbänder aus meiner Tasche und legte sie vor ihr auf den Tisch. »Das sollte ich bis heute abtippen.« Sie nickte etwas abwesend.

»Penelope, könntest du mir einen Riesengefallen tun?« Sie sah mich flehend an. »Würdest du diese beiden Kartons bei Frau Wagner abgeben? Es sind Unterlagen des Pfarrers, die die Polizei durchgesehen hat und die sie nicht mehr brauchen.« Sie schüttelte den Kopf und ihre angegraute Dauerwelle. »Ich kann dir gar nicht sagen, wie froh ich sein werde, wenn die hier wieder verschwinden. Die stellen alles auf den Kopf! Und dauernd wollen sie etwas wissen. Wirklich, es wäre schrecklich lieb von dir, wenn du das tun könntest.«

Was hätte ich sagen sollen? Schicksalsergeben griff ich mir eine Kiste, trug sie nach draußen und stellte sie auf den Rücksitz meines Autos. Als ich zurückkam, um die zweite Kiste mitzunehmen, sprach mich einer der Kriminalbeamten an. Es war einer, den ich noch nicht gesehen hatte, jedenfalls nicht bewusst.

Möglich war es jedoch, dass er am Tag zuvor auch in der Kirche gewesen war.

»Frau Plank?« Ich nickte. »Sind Sie heute Nachmittag zu Hause? Wir würden Ihnen gern ein paar Fragen stellen.« Ich muss überrascht ausgesehen haben, denn er beeilte sich zu erklären: »Wir befragen alle, die in den letzten Tagen mit Herrn Wagner zu tun hatten. Und Sie waren doch am Freitag hier?« Er blätterte in seinem Notizbuch.

»Ja, ich war hier und habe ein paar Tonbänder abgeholt.«

»Passt Ihnen heute Nachmittag? So gegen drei?« Ich sagte, dass es mir recht sei, und wollte gerade hinausgehen, als er mich erneut ansprach.

»Sind Sie nicht die Frau, die die Leiche gefunden hat?« »Leiche« ist kein besonders taktvoller Ausdruck. Barbara klappte der Mund auf.

»Ja«, knurrte ich. Es musste ja nicht unbedingt sein, dass jeder noch nachträglich darüber informiert wurde, dass ich an dieser Sache unfreiwillig beteiligt war.

»Interessant«, sagte der Beamte mit einem bedeutungsvollen Blick in seinen kleinen Augen. Ich machte, dass ich hinauskam.

Nachdem ich die zweite Kiste auf dem Rücksitz untergebracht hatte, überlegte ich, welchen Weg ich zu Wagners nehmen musste. Es war mir gar nicht recht, dass ich diesen Auftrag übernommen hatte. Was sollte ich Frau Wagner denn sagen? Wie Leid es mir täte und dass wir trotz des Schmerzes die Gewissheit hätten, dass ihr Mann bei unserem Herrn ist? Nein, solche Worte brachte ich nicht heraus, wenn ich Trauernden gegenüberstand. Ich hoffte nur, dass sie gefasst war. Wenn sie anfinge zu weinen, würde ich zweifellos ebenfalls in Tränen ausbrechen, einfach deshalb, weil mich ihr Kummer so rührte. Und aus Solidarität.

Es war nur eine kurze Strecke zu fahren, aber ich hätte es doch beinahe geschafft, einen Unfall zu bauen. An einer Vorfahrtsstraße kreuzte ein dunkelblauer Mercedes frech die Fahrbahn, obwohl er an dem Stoppschild hätte halten müssen. Ich legte eine gekonnte Vollbremsung hin und schimpfte ihm hinterher. Natürlich waren die zwei Kartons nicht auf dem Rücksitz stehen geblieben, sondern mit einem ordentlichen Ruck nach vorne gesaust und hatten ihren Inhalt unter die Sitze verteilt. Nachdem ich vor Wagners Haus angekommen war, musste ich erst sämtliche Papiere auflesen und wieder einpacken. Nun war das Durcheinander noch wesentlich größer als vorher.

Ich schnappte mir eine der Kisten und ging zur Tür. Mit gemischten Gefühlen drückte ich den Klingelknopf. Es dauerte ziemlich lange, bis die Tür geöffnet wurde, und diese Wartezeit verbesserte meinen Zustand nicht gerade. Ich wurde eher noch nervöser. Eine Frau stand im Eingang, ganz in Schwarz gekleidet, und schaute mich teilnahmslos an.

»Ja?« Hinter ihr drückte sich eine Hundeschnauze an den Türrahmen. Ich hatte nicht gewusst, dass Wagners einen Hund hatten. Ich hielt der Dame die Kiste entgegen.

»Ich soll Frau Wagner diese Sachen bringen. Sie sind vom Gemeindebüro.«

Etwas unwillig ließ sie mich herein. Der Hund wedelte um mich herum und schien sich sichtlich zu freuen, mich zu sehen. Er begrüßte mich wie eine alte Freundin, obwohl wir uns noch nie begegnet waren. Offensichtlich ein freundliches Tier. Bei Hunden war ich immer etwas vorsichtig. Ich ging hinter der Frau her durch die kleine Diele ins Wohnzimmer, wo Frau Wagner dabei war, Dinge zusammenzusuchen und eine Reisetasche zu packen. Als ich eintrat, blickte sie auf.

»Penelope!« Sie trat zu mir und streckte die Arme aus, um den Karton in Empfang zu nehmen, doch ich schüttelte den Kopf.

»Sagen Sie mir einfach, wo ich ihn abstellen soll. Ich hab draußen noch einen im Auto.« Sie deutete in eine Ecke vor dem Bücherschrank, wo ich ihn erleichtert absetzte. Dann reichte ich ihr die Hand. Jetzt war der scheußliche Augenblick gekommen, wo ich etwas Angemessenes sagen musste und doch genau wusste, dass keine Worte die Situation irgendwie leichter machen oder beschreiben konnten.

»Frau Wagner, es tut mir sehr Leid. Ich ...« Sie ließ mich nicht ausreden, sondern winkte leicht ab.

»Ist schon gut, ich weiß.« Sie lächelte nicht, aber sie weinte auch nicht. Ihre Augen waren trocken, wenn auch etwas gerötet, und ihr Gesicht wirkte alt und bleich. Der Mund stach unnatürlich rot daraus hervor. Sie schien die ganze jugendliche Frische verloren zu haben, die sonst ihre Züge umschmeichelte. Die andere Frau stellte sich hinter sie. Auf mich wirkte sie ein wenig wie ein Sklaventreiber, der Frau Wagner zur Fortsetzung ihrer Arbeit anhalten und mich möglichst rasch wieder an die Luft setzen wollte. Ich beeilte mich, die andere Kiste hereinzuholen und neben der ersten abzustellen.

Die ganze Zeit begleitete mich der Hund. »Das ist ein Golden Retriever, oder?«, fragte ich Frau Wagner, bevor ich mich verabschieden wollte. Sie nickte. Der Hund steckte seine Schnauze von hinten in meine rechte Hand, die erschöpft vom Tragen etwas kraftlos an mir herunterhing. Ich tat ihm den Gefallen und streichelte sein glänzendes Fell. Frau Wagner zögerte.

»Penelope, dürfte ich Sie vielleicht um einen Gefallen bitten?« Was war heute nur los, dass alle einen Gefallen von mir wollten? Aber abschlagen konnte ich es ihr auch nicht, deshalb sagte ich nur »Ja, natürlich« und hoffte, dass es nichts allzu Unangenehmes sein würde.

»Könnten Sie mit Franklin rasch spazieren gehen? Ich komme einfach nicht dazu und er hatte heute noch keinen Auslauf.« Ich war überrascht, sowohl über die Bitte als auch über den Namen des Hundes.

»Franklin?«, vergewisserte ich mich verdutzt. Sie lächelte ein ganz kleines, verlegenes Lächeln.

»Mein Mann hat ihn so genannt. Er interessierte sich sehr für die amerikanischen Präsidenten.« Ein schmerzliches Zucken löschte das Lächeln aus und sie ging schnell die Leine holen. »Nur ein bisschen, damit er etwas Bewegung hat.«

So kam es also, dass ich kurz darauf mit einem schönen Hund an der Leine die Straße in Richtung Ortsausgang entlangging, wo ein großer Park lag und Franklin laufen konnte. Zumindest, soweit es die Leine erlaubte, denn losmachen konnte ich ihn nicht. Wer weiß, wo es ihm eingefallen wäre hinzumarschieren? Und rennen konnte er ganz gewiss schneller als ich. Das Wetter war schön und wärmer als gestern und ich gab zu, dass ich den Spaziergang bestimmt ebenso genoss wie Franklin. Es war gut, mal an die frische Luft zu kommen und die eingerosteten Knochen zu bewegen. Wenn ich das meiner Mutter gesagt hätte, hätte sie nur den Kopf geschüttelt und gesagt: »Aber Kind, mit achtundzwanzig ist man doch noch fit und beweglich.« Sie hatte ja keine Ahnung, wie steif und konditionslos man mit achtundzwanzig sein konnte!

Franklin konnte vor lauter Begeisterung kein Ende des Schnüffelns und Hier- und Dorthinziehens finden und so kamen wir erst nach eineinhalb Stunden wieder zurück zum Haus der Wagners. Ich lieferte den Retriever etwas wehmütig bei der Witwe ab, die sich mehrmals bei mir bedankte und mir zusammen mit Franklin nachsah, bis ich um die Ecke gefahren war. Da es nun doch schon viel später war, als ich gedacht hatte, und meine Pläne sowieso hinfällig geworden waren, beschloss ich, in die Innenstadt zu fahren und meiner Lieblingsbuchhandlung einen Besuch abzustatten. Und weil mein Magen inzwischen aufdringlich knurrte, schaute ich vorher noch schnell bei einem Fastfoodrestaurant vorbei und genehmigte mir einen dieser leckeren und gesunden Hamburger.

»Mützels Buchwelt« war ein Laden, wie man ihn sich besser nicht erträumen konnte. Es gab so viele Bücher dort, dass es Wochen in Anspruch genommen hätte, jedes in die Hand zu nehmen und sich das Umschlagbild anzusehen. Es war alles übersichtlich in Abteilungen gegliedert, auf drei Stockwerke verteilt, und die Dekorationen im Laden waren gewöhnlich vom Allerfeinsten – ansprechend und appetitanregend sozusagen. Es gab genügend Sitzgelegenheiten, die man nutzen konnte, um sich eingehend mit einem Werk zu beschäftigen, ohne sich dabei die Beine in den Bauch stehen zu müssen. Außerdem wurde man stets von angenehmer

Musik beschallt. Es gab eine Klimaanlage, was »Mützels Buchwelt« im Sommer zu einer beliebten Anlaufstelle zwischen den sonstigen Einkäufen machte; es gab ein Café, das nicht zu teuer und im Wiener Kaffeehausstil gehalten war, und das Personal in den Abteilungen war gut informiert, hilfsbereit und normalerweise auch sehr freundlich.

Aber die Hauptsache waren natürlich die Bücher, diese unschätzbare Masse an bedrucktem Papier, die mein Herz höher schlagen ließ, sobald ich einen Fuß in diesen Laden setzte, und deren Angebot überwältigend war. An diesem Montag war ich ohne ein bestimmtes Ziel gekommen – außer vielleicht, um mich von der ganzen Mordgeschichte abzulenken. Deshalb arbeitete ich mich von den Büchern über Inneneinrichtungen vor, zu denen mit Kochrezepten, die mir das Wasser im Mund zusammenlaufen ließen, obwohl ich gerade erst etwas gegessen hatte, und anschließend durch die Comicabteilung. Meine Lieblingsecken hob ich mir für den Schluss auf, beginnend mit englischsprachigen Werken, danach ging es zu den Romanen aus aller Welt und schließlich der Höhepunkt: die Krimis.

Nach einer Dreiviertelstunde war ich dort angelangt und blätterte in einer Neuerscheinung des Verlages, bei dem auch mein Buch erschienen war. Ein Exemplar meines Werkes stand bei den Romanen und ich machte für gewöhnlich einen großen Bogen darum, damit mich nicht aus Versehen jemand mit diesem Buch in Verbindung bringen konnte. Dass dieser Verlag auch Krimis herausgab, war mir neu. Vielleicht hatten sie gerade erst ihr Programm erweitert. Auf jeden Fall klang es recht interessant, was auf der Rückseite zum Inhalt stand. Während ich noch in diese Lektüre vertieft war, erhob sich in der Reiseführerabteilung direkt gegenüber ein Tumult. Ich blickte auf und sah zwei Frauen, die sich drohend gegenüberstanden. Sie sahen aus, als würden sie gleich aufeinander losgehen. Stattdessen keifte jedoch die eine weiter: »Das werde ich mir nicht gefallen lassen. Und von Ihnen schon gar nicht! Ich werde Sie anzeigen, Sie ... Sie ...«

»Ich werd Ihnen gleich zeigen, wer hier wen anzeigt!«, schrie die andere zurück. Sie griff sich ein Buch und riss den Arm nach hinten, ganz so, als wolle sie es ihrer Gegnerin im nächsten Moment an den Kopf schleudern. Der Geschäftsführer kam mit hochrotem Kopf herbeigeeilt. Die wenigen Haare, die ihn noch zierten, flogen in alle Richtungen.

»Meine Damen, bitte, ich bin sicher, dass wir diese Angelegenheit friedlich klären können!« Es wurde ruhiger. Offensichtlich waren die beiden willig, sich zu fügen. Die Umstehenden starrten noch einen Moment und wandten sich dann enttäuscht wieder den Büchern zu.

Geschäftsführer wollte ich nicht sein. Wenn ich mir vorstellte, ich hätte den Streit schlichten müssen, bekam ich eine Gänsehaut. Ich hätte vermutlich eher die Polizei gerufen oder die beiden kurzerhand vor die Tür gesetzt, aber so diplomatisch und nachsichtig wäre ich wohl kaum vorgegangen. Ich bewunderte ihn dafür.

»Kein leichter Job, was?«, sprach mich jemand von der Seite an und verursachte bei mir fast einen Herzstillstand. Konnte dieser Mensch Gedanken lesen? Ich drehte mich, um zu sehen, wer da mit mir redete. Es war ein blonder junger Mann mit blauen Augen und einem strahlenden Lächeln. Beeindruckend weiße Zähne zeigte er dabei und auch sonst war er eine sehenswerte Erscheinung. Vermutlich war er daran gewöhnt, dass die Frauen ihm nachsahen und versuchten, ihn zu umgarnen. Bei mir täte er besser daran, das gar nicht erst zu erwarten.

Ungnädig antwortete ich ihm. »Wohl nicht.« Dass ich ihm anschließend den Rücken zuwandte, störte ihn gar nicht.

»Zum Glück kommt das nicht oft vor. Solche Zwischenfälle mit Kunden, meine ich. Ladendiebstähle gibt es schon häufiger.« Was wollte dieser Knabe von mir?

Leicht genervt brummte ich ein »Aha«. Er senkte die Stimme. »Ich habe Sie beobachtet.« Nun hatte er mich überrumpelt und ich ließ mich auf eine Unterhaltung ein.

»Wieso? Wollten Sie mich auf frischer Tat ertappen?« Er lachte.

»Aber nein, deshalb doch nicht. Ich fand es so sympathisch, wie Sie über dieses Buch nachgedacht haben. Fast wären kleine Rauchwölkchen aus Ihrem Kopf gestiegen.« Ich wusste nicht, ob ich das nett oder unverschämt finden sollte. War es ein Kompliment oder eine Beleidigung? Was wusste er schon von meiner Art zu denken? Und was ging es ihn überhaupt an und wer gab ihm das Recht, unangebrachte Bemerkungen darüber zu machen?

Andererseits brachte er diesen Satz mit so viel Charme hervor, dass mein Unwille schon so ziemlich im Keim erstickt war. Ich antwortete nicht, denn mir fiel nichts ein, was ich hätte erwidern können. Schlagfertigkeit, wo warst du? Hast mich schmählich im Stich gelassen, wie immer, wenn ich dich am nötigsten brauche. Vielleicht bemerkte er meinen Zwiespalt, ich tippte aber, dass er es eher nicht mitbekam, was in mir vorging. Er sah nicht aus wie jemand, der gut in andere Menschen hineinsehen kann.

»Was ich mich gefragt habe, während ich Sie da sah, ist ...« Wurde er rot oder bildete ich mir das ein?

»... ob ich Sie auf einen Kaffee einladen dürfte.« Erwartungsvoll schaute er mich an. Es hätte nicht viel gefehlt und ich hätte den Mund aufgerissen und fassungslos irgendwelche Wortfetzen gestammelt. Ich schaffte es jedoch im letzten Moment, mich zusammenzunehmen und so zu tun, als würden mich jeden Tag mehrere fremde Männer auf einen Drink einladen.

Er musste nicht wissen, dass ich das letzte Mal fast zweieinhalb Jahre zuvor von einem Mann eingeladen worden war. Und das auch nur, weil er sich bei mir für die Mithilfe bei einem Projekt bedanken wollte, an dem er damals gearbeitet hatte. Jedenfalls nahm ich das an, sonst wäre ich der Einladung nicht im Traum gefolgt. Ich konnte ja nicht ahnen, dass er mich in eines der teuersten Restaurants ausführen und mir dort zwischen Suppe und Vorspeise gestehen wollte, wie verzweifelt er auf eine Gelegenheit gewartet hatte, um mir zu sagen, dass er schon seit Wochen unsterblich in mich verliebt sei. Ich ließ ihn mit den Hauptgerichten und Desserts dort sitzen. Es war nicht sein Geständnis gewesen, was mich geärgert hatte, sondern sein Anspruch, ich müsse sofort seine

Gefühle erwidern und am besten am nächsten Tag bei ihm einziehen. Als ich das nicht wollte, dachte er, er könne mir damit drohen, mich bei meinem Chef schlecht zu machen. Da wurde es mir zu bunt, deshalb fuhr ich mit dem Taxi nach Hause. Meinem Chef hat er dann doch nichts gesagt, aber mich dafür mit eisiger Verachtung gestraft, wann immer ich seinen Weg kreuzte.

Der blonde Fremde wartete noch immer auf meine Antwort. »Das ist sehr nett von Ihnen, aber im Moment passt es mir wirklich nicht, tut mir Leid.« Ich war stolz auf mich, dass ich diesen Satz ohne Versprecher oder erkennbare Unsicherheit herausgebracht hatte. Er sah enttäuscht aus. Bestimmt hatte er fest mit einem Triumph gerechnet und in Gedanken bereits eine Kerbe zu den vielen anderen hinzugefügt, die seinen Federhalter oder was immer zierten.

»Dann ein anderes Mal?« Wieder glomm ein Hoffnungsschimmer in seinen Augen auf. Wie blau sie waren! Das brachte mich ins Schleudern.

»Ich kann es im Moment wirklich nicht versprechen«, beteuerte ich.

»Schade.« Er schien es wirklich zu bedauern. »Vielleicht geben Sie mir Ihre Telefonnummer, dann rufe ich Sie an.« Er war nicht gewillt, aufzugeben. Ich schüttelte den Kopf.

»Na ja, da kann ich wohl nichts machen, oder? Aber ich hoffe trotzdem, dass wir uns bald wiedersehen werden. Bis dann.«

Er ging davon und ich jammerte innerlich darüber, so abweisend gewesen zu sein. Manchmal ist es schwer, dem Verstand den Vorrang zu geben. Da konnte es mich nur wenig trösten, dass ich vernünftig und entsprechend meiner Prinzipien gehandelt hatte. Ein so gut aussehender Mann lud sicherlich oft Frauen ein und es war nicht anzunehmen, dass ich ihm großes Leid verursacht hatte. Außerdem, was sollte ich mit Herrn Casanova persönlich? Mir selbst das Herz brechen lassen? Und letztendlich ging ich nicht mit Fremden aus, genauso wenig, wie ich ihnen meine Telefonnummer oder Adresse gab. Es sei denn, es handelte sich um geschäftliche Interessen oder Ausnahmen.

3

Just in dem Moment, als der Kaffee fertig durchgelaufen war und die Maschine ein letztes Röcheln von sich gab, klingelte es an der Tür. Während ich noch unterwegs zur Haustür war, um zu öffnen, fing das Telefon an zu läuten. Wunderbar, dieses Timing, dachte ich. Gerade noch rechtzeitig war ich zu Hause angekommen, weil ich fast vergessen hatte, dass ich die Kriminalpolizei zu einem Besuch erwartete, und dann war ich noch in aller Eile zum Supermarkt gelaufen, um ein paar Kekse und Muffins zu ergattern. Ich riss die Tür auf, winkte den Mann herein und rannte zum Telefon.

»Plank.« Am anderen Ende begann eine Frauenstimme mit einer Litanei.

»Kreiskrankenhaus, Abteilung für Pathologie und Gerichtsmedizin, Hultlein.« Eine kleine Pause folgte. »Ist dort das Schreibbüro Plank?«

»Ja.«

Schreibbüro Plank – das klang recht professionell und ich überlegte noch, ob ich mich in Zukunft immer so nennen sollte, als die Dame fortfuhr: »Pfarrer Anton Wagner hat Sie uns empfohlen.« Ich schluckte schwer, eine Antwort blieb mir förmlich im Halse stecken.

»Frau Plank?«

»Ich ... ja, ich bin noch da. Ich war nur so überrascht.«

»Kennen Sie den Pfarrer nicht?«

»Doch, doch. Nur ... Er ist gestern ums Leben gekommen.« Es fiel mir schwer, das zu sagen. Auf der anderen Seite blieb es eine Weile stumm. Dann sprach die Anruferin mit belegter Stimme weiter.

»Ja ... ja, das ist mir bekannt. Sehr bedauerlich. Ich kannte ihn recht gut, wissen Sie? Er hatte hier oft Dienste und war immer so freundlich. Er hat mir auch einmal persönlich sehr geholfen. Ich war mir nicht sicher, ob Sie darüber Bescheid wussten und dachte, ich sage besser nichts darüber ...«

Dann besann sie sich auf den Grund ihres Anrufes. »Ich rufe an, weil wir hier einen personellen Engpass haben. Wir hätten einige Berichte abzutippen, die auf Band diktiert wurden. Normalerweise geben wir das nicht an Fremdunternehmen, aber die Empfehlung des Pfarrers hat uns veranlasst, diesmal ... und wir sind wirklich darauf angewiesen. Könnten Sie das übernehmen?« Ich erklärte mich mit Freuden bereit dazu, denn meine Haushaltskasse wies erhebliche Löcher auf.

»Sie müssten allerdings vorbeikommen, um die Bänder abzuholen. Der diensthabende Arzt, Dr. Frey, möchte Ihnen noch einige Erläuterungen dazu geben. Vielleicht könnten Sie es noch heute Abend einrichten? Dr. Frey hat Dienst bis um 22 Uhr.« Dr. Frey also, der Arzt, der die Obduktion an Anton Wagner hatte durchführen sollen. Ich sagte zu, noch vor 22 Uhr vorbeizukommen, und wir verabschiedeten uns.

Als ich aufgelegt hatte, bemerkte ich erst, dass der Kriminalbeamte die ganze Zeit hinter mir gestanden hatte. Er war allein und er kam mir nicht bekannt vor. Ich fragte mich, wie viele Beamte wohl an dem Fall mitarbeiteten. Hieß es nicht, viele Köche verdürben den Brei? Aber gut, Kochen war vermutlich nicht mit Verbrechensaufklärung zu vergleichen und mehr Augen konnten auch mehr sehen. Und eigentlich war ich ganz froh, dass ich nicht wieder den Interviewer mit seinem Notizblockkollegen vor mir hatte. Ich bat ihn, mir in den Garten zu folgen, wo wir gemütlich im Warmen sitzen konnten. Das Wetter war herrlich und die letzten Sonnenstrahlen wollten ausgenutzt sein. Vorher drückte ich ihm jedoch die Kaffeekanne und zwei Tassen in die Hand und griff mir selbst zwei Teller und die Platte mit dem Gebäck, um sie mit hinauszunehmen. Als wir an dem wackeligen alten Holztisch Platz genommen hatten, umgeben von meterhohem Gras und einigen Herbstblumen, stellte er sich vor.

»Mein Name ist Wilson und ich ...«

»Wilson? Ist das englisch?« Dämliche Frage – natürlich war es englisch!

»Ja, mein Vater ist Engländer.« Er machte einen ungeduldigen Eindruck. »Sie wissen, weshalb ich hier bin?«

»Sicher, wegen Herrn Wagner.« Er nickte.

»Kann es sein, dass ich Sie noch nicht gesehen habe?«, fuhr ich fort. »Ich meine, dass in der Kirche und im Büro andere Beamte waren.« Er nickte wieder.

»Mein Kollege hat sich bedauerlicherweise einen Bänderriss zugezogen. Er wollte heute Mittag aus dem Auto steigen, blieb hängen und schon war es passiert. Er bekommt gerade seinen Gips und ich bin für ihn eingesprungen.«

»Oh, das tut mir Leid. Und Ihr zweiter Kollege?«

»Sucht ein paar andere Leute auf. Wir haben uns aufgeteilt.«

»Aha.« Ich war verwirrt angesichts der Kollegenzahl. Welcher war denn eigentlich der zweite Kollege, nach dem ich gerade gefragt hatte? Na ja, egal. Er kramte in seiner Jacke nach einer Packung Zigaretten. Schließlich wurde er fündig.

»Stört es Sie, wenn ich rauche?« Ich schüttelte den Kopf und sah ihm zu, wie er sich ein ziemlich zerknautschtes Exemplar anzündete.

»Ich habe eigentlich aufgehört«, sagte er entschuldigend.

Während er den ersten Zug nahm und dann den Rauch ausstieß, bemerkte ich, dass er erschöpft aussah.

»Sie sehen müde aus.« Oh nein, wieder mal zu direkt gewesen! Was ging es mich an, ob dieser Mann müde war oder nicht? Er schaute verblüfft vom Tisch auf, wo er eben dabei war, ein Notizbuch aufzuschlagen.

»Was? Ja, das stimmt wohl, aber ich hätte nicht gedacht, dass man es mir ansieht.« Ich zuckte mit den Schultern und versuchte zu lächeln.

»Ich wollte heute eigentlich meinen Urlaub beginnen«, fuhr er fort. »Nur ist nun eben dieser Bänderriss dazwischengekommen. Es wäre mein erster Urlaub seit eineinhalb Jahren gewesen.« Jetzt sah er auch noch resigniert drein. Wahrscheinlich wäre es besser gewesen, ich hätte nichts gesagt.

»Möchten Sie eine Tasse Kaffee?« Er nickte und ich füllte die beiden Tassen. Er trank ihn schwarz, was ich gar nicht verstehen konnte, denn ich brauchte immer viel Milch. Aber es schien ihm zu schmecken. Nach dem ersten Schluck setzte er die Tasse ab, lehnte sich zurück und wirkte gleich ein wenig entspannter.

»Darf ich?«, fragte er und griff nach einem Muffin.

»Ja sicher, dafür stehen sie ja da.«

»Jetzt müsste ich nur noch die Zigarette loswerden. Ich hätte sie gar nicht anstecken sollen.« Ich schob ihm einen Unterteller hin und er drückte sie aus, nach nur einem Zug. Wenigstens war es nur ein kleiner Rückfall gewesen.

Ich fragte mich, wann er endlich mit dem Interview beginnen wollte, weil er eine Weile nur dasaß und aß und trank. »Verzeihen Sie«, sagte er schließlich. »Ich hab seit heute Morgen um acht nichts mehr gegessen. Sie müssen mich für reichlich verfressen halten. Aber diese Dinger schmecken wirklich gut. Was ist das?«

»Muffins«, sagte ich leicht amüsiert. Wer hätte gedacht, dass Kriminalbeamte so menschlich waren? Da er inzwischen diesen ungeduldigen Anflug vom Beginn völlig verloren hatte, fand ich ihn nun doch recht sympathisch.

»Die Fragen, die ich Ihnen stellen werde, sind reine Routine. Wir fragen das jeden.«

»Schön.«

Er fragte mich nach meinem letzten Zusammentreffen mit Pfarrer Wagner, nach meinem Eindruck, ob ich wüsste, ob er Feinde hatte, wie gut ich ihn gekannt hatte und dergleichen mehr. Manchmal fiel es mir nicht ganz leicht, mich auf die Sache zu konzentrieren. Zum einen tauchten immer wieder Bilder und Erinnerungen an die Leiche in mir auf, und zum anderen musste ich zugeben, dass Herr Wilson sehr schöne Augen hatte. Grün, wenn ich mich nicht irrte. Als er nichts Weiteres mehr wissen wollte, fragte ich ihn, ob sie inzwischen genauer wüssten, wie der Pfarrer ums Leben gekommen sei. Er fuhr sich mit der Hand durch sein dichtes, rotbraunes Haar, das mal wieder einen Schnitt hätte vertragen können.

»Er ist erschlagen worden.«

»Gut, das wusste ich schon.« Er sah mich verblüfft an.

»Ich bin diejenige, die ihn gefunden hat«, erklärte ich ihm.

Die interne Kommunikation der Kriminalpolizei war unbedingt verbesserungsbedürftig. »Ich wollte nur wissen, ob es schon Ergebnisse von der Obduktion gibt und ob Sie etwas über den Tathergang sagen können.« Diese Fachbegriffe – ich fand es ein bisschen idiotisch, sie einem Kriminalbeamten gegenüber zu verwenden, aber er schien das ganz normal zu finden.

»Er bekam einen tödlichen Schlag auf den Kopf. Er muss sich in diesem Moment auf der Treppe befunden haben, denn er verlor das Bewusstsein und fiel hinunter, bis er unten liegen blieb. Wir haben das rekonstruiert, ob es mit seiner Lage und den Verletzungen übereinstimmt. Wenn er noch lebte, als er unten ankam, so war es nicht lang, höchstens einige wenige Minuten. Er ist definitiv an der Schädelverletzung gestorben. Der Sturz die Treppe hinunter war zwar schwer, aber wenn es ein Unfall gewesen wäre, hätte er es überlebt. Das mit der Treppe könnte ein Versuch gewesen sein, es als Unfall zu tarnen.«

Er konnte nur die Treppe im Kirchturm meinen, die in vielen Windungen bis ganz hinauf zum Glockenspiel verlief. Es war eine alte und enge Treppe und wer dort stolperte, konnte leicht Meter um Meter nach unten fallen, wenn er nicht das Glück hatte, dass ihn eine Wand auffing.

»Und womit wurde er erschlagen?«

»Das wissen wir nicht genau. Mit etwas Schwerem, aus Eisen. Es wurden Rostpartikel in den Wunden gefunden. Vielleicht ein Kerzenständer oder etwas Ähnliches.« In der Kirche gab es jede Menge dieser alten, rostigen Kerzenständer. Wahrscheinlich wäre es leicht herauszufinden, ob einer fehlte. Aber es wäre auch möglich, dass in einer der Abstellkammern noch mehr dieser Eisengestänge aufbewahrt wurden. Auf dem Weg zur Turmspitze gab es zwei oder drei dieser engen Räume. Ich konnte mich an die Holztüren erinnern, die in der Regel nicht abgeschlossen waren. Jeder konnte dort hineingehen und sich nehmen, was er brauchte. Ich selbst hatte in meiner Neugier problemlos eine dieser Kammern inspiziert, als ich nach meiner Umsiedlung bemüht war, möglichst rasch das Kirchengemäuer kennen zu lernen (man musste doch schließlich wissen, wo man sich aufhielt).

»Gibt es denn ein Motiv? Oder Verdächtige?«, bohrte ich weiter. Herr Wilson schien nicht zu denken, ich sei zu neugierig, und schüttelte nur den Kopf.

»Alle, mit denen wir uns bisher unterhielten, hatten nur Gutes über den Pfarrer zu berichten. Er war immer freundlich, offen und großzügig, besuchte viele der alten und kranken Leute und hatte mit niemandem Streit. Seine Frau sagte uns, dass es nicht ungewöhnlich war, dass er am Sonntagmorgen sehr früh in die Kirche ging. Er machte das regelmäßig, um dort vor dem Gottesdienst zu beten. Sie wusste auch nichts von Drohungen oder Veränderungen in der letzten Zeit oder überhaupt jemals. Es ist ihr rein gar nichts aufgefallen, außer dass ihr Mann in der Nacht zum Sonntag einen unruhigen Schlaf gehabt hätte. Und dass er Samstagabend noch für zwei Stunden im Büro war, aber auch das hätte er öfter gemacht, um sich in Ruhe auf die Predigt vorbereiten zu können.« Also ein Mord ohne Motiv und Mörder, so wie es aussah.

Kommissar Wilson schaute auf die Uhr und bemerkte, dass er spät dran war und sofort aufbrechen müsse. Ich bedauerte das etwas, denn wir hatten uns gut unterhalten. Er hatte so eine Art, die einen für ihn einnahm, ehrlich und direkt. Auf den ersten Blick hatte er eher durchschnittlich gewirkt, aber wenn man eine Weile mit ihm zusammen war, rückten Merkmale in den Vordergrund, die ihn gutaussehend wirken ließen. Neben seinen grünen Augen hatte er ein gut geschnittenes Gesicht mit einem kräftigen Kinn und schön geformten Augenbrauen. Die Lippen hätten etwas voller sein können, sie wirkten meist leicht zusammengepresst. Möglich, dass sein Stresspegel schuld daran war. Die Nase war gerade, die Ohren nicht abstehend, also alles in allem ein harmonisches Gesamtbild. Ich begleitete ihn zur Gartentür, während er sich für die Verköstigung bedankte. Er reichte mir zum Abschied die Hand und seine Karte und fuhr in einem schwarzen Renault davon.

Kaum war der Kriminalbeamte von der Bildfläche verschwunden, tauchte Moira auf und verlangte laut nach Aufmerksamkeit. Sie geht Fremden aus dem Weg, wenn sie kann, außer es ist Alex, die uns besuchen kommt. Ich brachte das Geschirr hinein und rettete die Reste der Muffins vor einem Schwarm Wespen, der sich gerade darüber hermachen wollte. Sollten die um diese Jahreszeit nicht im Winterquartier sein? Beim Abspülen dachte ich abwechselnd an den armen Pfarrer, an das Erlebnis in »Mützels Buchwelt« und die Unterhaltung mit Mister Wilson. Die Kriminalpolizei hatte anscheinend wirklich keinen Anhaltspunkt, der zu einer Aufklärung dieses Falles beigetragen hätte. Ich zerbrach mir den Kopf über ein mögliches Motiv und versuchte mich an den abenteuerlichsten Erklärungen, aber am Ende war doch alles nichts als phantastische Spekulation, die nirgendwo hinführte.

Es klingelte an der Tür. Dieser Tag schien ein Tag der Begegnungen werden zu wollen. Es war Frau Wagner, die Franklin an der Leine hielt. Moira suchte schnellstens das Weite, als sie den Hund sah.

»Penelope, ich hoffe, ich störe Sie nicht.«

»Nein, ganz und gar nicht. Wollen Sie nicht hereinkommen?«

»Nein, meine Schwester wartet im Wagen auf mich. Ich werde vorübergehend bei ihr wohnen.« Ich nickte verständnisvoll. »Sie lebt mit ihrem Mann auf einem Bauernhof, nur 25 Kilometer von hier. Es ist ganz gut, wegen der Polizei.« Ich verstand. Wegen der Ermittlungen musste sie erreichbar bleiben. »Ich möchte Sie um etwas bitten.« Sie zögerte und wurde rot.

»Ich kann Franklin nicht mitnehmen. Ich kann es einfach nicht. Er ist der Hund meines Mannes und ihn ständig zu sehen, das würde ich nicht verkraften. Bitte, würden Sie sich um ihn kümmern?« Ich war wie vor den Kopf geschlagen. Ein Hund? Bei mir? Ich hatte überhaupt keine Ahnung von Hunden. Ich sagte ihr das und auch, dass ich eine Katze hätte. Sie presste den Mund zusammen und schloss die Augen. Ich fürchtete schon, sie würde in Ohnmacht fallen, aber sie atmete nur schwer und senkte leicht den Kopf. Ich kam nicht an gegen die Gutmütigkeit, die sich in mir meldete, und rief: »Tu es doch, tu es doch!« Schließlich gab ich nach und sagte, okay, sie könne Franklin hier lassen, wenn es nur für einige Zeit sei. Sie sah ganz erleichtert aus und drückte mir die Leine in die Hand. Dann reichte sie mir eine große Plastiktasche mit seinen Sachen und einen riesigen, schweren Futtersack. Franklin schaute schwanzwedelnd zu mir auf und ich fragte mich, wie ich in diese Lage gekommen war.

Frau Wagner fuhr mit ihrer Schwester davon und ich stand noch immer in meiner Haustür und war fassungslos. Moira würde Franklin als Kratzbaum benutzen, da war ich mir sicher. Wir hatten noch keine Gelegenheit gehabt, über ihr Verhältnis zu Hunden zu sprechen, aber ich konnte mir nicht vorstellen, dass sie freundschaftliche Gefühle für diese schwanzwedelnden Vierbeiner hegte. Franklin drückte sich an mir vorbei nach drinnen. Seufzend folgte ich mit der Plastiktasche und schloss die Tür hinter mir. Ich war wild entschlossen, heute nicht mehr ans Telefon zu gehen und schon gar niemandem die Tür zu öffnen.

Es war schrecklich. Als Moira Franklin erblickte, fauchte sie wie verrückt, haute ihm eine runter und verschwand im Garten. Franklin war total verdutzt, bellte einmal kurz und versuchte dann, den Kratzer zu lecken (leider reichte die Zunge nicht bis unters Auge). Ich durchsuchte den ganzen Garten, rief und lockte Moira mit Katzenbiskuits, aber sie blieb untergetaucht. Nachdem er sich damit abgefunden hatte, dass er nicht viel gegen die Schramme tun konnte, folgte mir Franklin in den Garten, was das Unternehmen, Moira zu versöhnen, von vornherein zum Scheitern verurteilte. Er durchsuchte alle Gebüsche, schnupperte an jedem Baum und jedem Grashalm, stellte fest, wo der Zaun verlief, und setzte Markierungen. Nachdem er das alles erledigt hatte, kam er zufrieden zu mir, um meine Hand zu lecken.

Ich beschloss, einen weiteren Spaziergang mit ihm zu unternehmen, damit er anschließend erschöpft genug war, um eine Weile alleine im Haus zu bleiben, ohne alles auf den Kopf zu stellen. Inständig hoffte ich, der Pfarrer hatte seinen Hund so gut erzogen, dass er sich vernünftig verhalten würde. Während wir, verbunden durch eine zu kurze Leine, durch den nahe gelegenen Waldrand streiften und mein Arm immer länger wurde, überlegte ich, wie ich mit dieser Belastung fertig werden konnte. Plötzlich für einen Hund verantwortlich zu sein, erforderte eine enorme Umstellung. Ich dachte mit wachsendem Schrecken an frühmorgendliche Gänge vor die Haustür oder wahlweise einen verunstalteten Garten. An meine Katze mochte ich gar nicht erst denken. Ich flehte nur innerlich, dass sie nicht auf Nimmerwiedersehen das Weite gesucht hatte. Sie war mir sehr ans Herz gewachsen und irgendwie musste es doch möglich sein, diese beiden Vierbeiner aneinander zu gewöhnen. Als wir unseren Aufenthalt an der frischen Luft beendet hatten, war Franklin topfit und ich total erledigt. Ich gab ihm vorsichtshalber etwas aus dem Futtersack zu fressen – genau nach Anleitung – tat auch etwas von Moiras Lieblingsfutter in ihr Schälchen und hoffte, dass der Hund es ignorieren würde. Dann machte ich mich auf den Weg zum Krankenhaus, um bei Dr. Frey alles Nötige für meinen neuen Auftrag abzuholen – einschließlich der Anweisungen.

Das Krankenhaus war ein verhältnismäßig großes Gebäude. In unserer kleinen Stadt würde man eine wesentlich kleinere Klinik erwarten, aber da sie ein recht weites Einzugsgebiet zu versorgen hatte und außerdem Teile einer Universitätsklinik beherbergte, hatte man einen mächtigen Kasten gebaut, der nicht nur modern, sondern auch reichlich hässlich war. Immer wenn ich daran vorbeikam, war ich froh, dass ich nicht drinliegen musste und hoffte – und betete –, dass es nie erforderlich sein würde. Ich hatte diese sterilen, unangenehm riechenden Hallen noch nie betreten, denn keiner meiner Bekannten hatte in den zwei Jahren, die ich nun hier war, einen Krankenbesuch notwendig gemacht. Bei dem einzigen Unfall, den ich während meiner Renovierungsarbeiten erlitten hatte, war ich glücklicherweise in der Lage gewesen, mich selbst zu verarzten. Ich hatte mir eine Spachtel in die linke Handfläche gerammt, als ich versuchte, eine undefinierbare, aber erbarmungslos unnachgiebige Schicht von der Wand zu kratzen, die an einigen Stellen unter der alten Tapete zum Vorschein gekommen war. Es hatte sich im Nachhinein gezeigt, dass es sich um Füllmaterial für

Löcher unbekannten Ursprungs gehandelt hatte, und ich hatte diese ordentlich mit Gipsmasse wieder aufgefüllt und geglättet. Damit waren die Hügel verschwunden, die mich bei der ersten Untersuchung des Hauses so verwundert hatten.

Es war also eine Art Premiere für mich, als ich die große Glastür aufstieß und in die Empfangshalle trat. An der Rezeption fragte ich einen älteren Herrn mit Vollglatze, wie ich zur Abteilung für Pathologie und Gerichtsmedizin käme. Er warf mir einen teilnahmsvollen Blick zu, reichte mir einen Lageplan und erklärte mir anhand einiger Kritzeleien, die er mit einem roten Filzstift wahllos auf dem Papier verstreute, den Weg. Ich dankte ihm und ging durch die nächste Tür in einen Gang, auf den er gedeutet hatte. Dort blieb ich stehen und verbrachte einige Minuten damit, den Plan zu studieren und einen ungefähren Eindruck zu bekommen, in welche Richtung ich mich halten musste. Nach weiteren zehn Minuten, die ich mit Herumirren und Fragen verbrachte, geriet ich endlich an einen kleinen Mann mit weißem Kittel, der eine viel zu große Brille auf der Nase hatte und nuschelte, aber dafür genau wusste, wie ich zur Pathologie kam. Das Problem lag am Ende einfach darin, dass ich einen Stock tiefer in den Keller musste. Das stand nicht auf dem Plan. Endlich befand ich mich vor einer Tür, neben der auf einem gelben Schild »Dr. Florian Frey« stand. Ich klopfte an und öffnete, als ich ein »Herein« hörte.

Dr. Frey war sicher schon um die siebzig, aber er erhob sich geschmeidig aus seinem Ledersessel und kam mit elastischen Schritten auf mich zu. Sein Händedruck war fest und warm. Er war eine beeindruckende Persönlichkeit und ich fühlte mich innerlich zu einem kleinen Mädchen schrumpfen. »Du bist erwachsen, Penelope, lass dich nicht einschüchtern!«, ermahnte ich mich, während ich ihm zu seinem Schreibtisch folgte und auf dem weichgepolsterten Stuhl ihm gegenüber Platz nahm. Meine Autosuggestion wirkte und während ich ihn fest ins Auge nahm, schlug ich die Beine übereinander und versuchte, gelassen und souverän auszusehen.

»Es ist schön, dass Sie uns helfen können, Frau Plank«, begann er. Wenn mir jemals bei einer Stimme die Bezeichnung »sonor« in den Sinn gekommen war, dann bei seiner. Sicher war er ein grandioser Sänger, der mit seinem Bass alle an die Wand schmettern konnte.

»Überhaupt kein Problem«, antwortete ich und fand im selben Moment auch schon, dass das nicht besonders geschäftsmäßig klang. Er holte drei Tonbänder aus einer Schublade und einen kleinen Stapel Vordrucke, die er mir hinschob.

»Das sind die Vordrucke, die Sie bitte verwenden sollen.« Ich sah sie mir an, irritiert über den Gebrauch von »bitte« und »sollen« im selben Satz. Dabei übersah ich die Überschrift und daher fragte ich so dumm wie ein Schäfchen: »Um was handelt es sich?« Er tippte sanft auf die fettgedruckte Zeile ganz oben.

»Es sind Obduktionsberichte.«

Natürlich wusste ich ganz genau, was in der Pathologie gemacht wird. Und bei »Gerichtsmedizin« hätte ich erst recht darauf kommen müssen, zumal ich doch durch das Gespräch zwischen dem Kriminalkommissar und Dr. Frank erfahren hatte, was der bekannte und allseits beliebte Dr. Frey in seiner Freizeit so tat. Aber aus unerfindlichen Gründen war mir gar nicht der Gedanke an Obduktionen gekommen, als ich mit der Sekretärin telefoniert hatte. Ich hatte damit gerechnet, einen Vortrag abtippen zu müssen, den irgendein Arzt auf irgendeinem Kongress halten wollte.

»Ach ja«, sagte ich etwas lahm, um meine Überraschung zu verbergen. Ich machte mir heftige Vorwürfe über meine Begriffsstutzigkeit und schob sie dem momentanen Stress zu. Dann hüpften meine Gedanken aber gleich weiter.

»Sagen Sie, ist ...« Ich zögerte. Sollte ich das wirklich fragen? Er sah mich mit hochgezogenen Augenbrauen an und wartete darauf, dass ich weitersprach. »Ist Herr Wagner hier? Ich meine, ist er in Ihrer Abteilung? Besser gesagt ...« Ich wusste nicht, wie ich es passend ausdrücken sollte. Ich wollte nicht pietätlos sagen: Ist die Leiche des ermordeten Pfarrers in einem Ihrer Kühlschränke?

Zu meiner Erleichterung unterbrach mich Dr. Frey. »Sie meinen den Pfarrer, der gestern umgebracht wurde?« Ich nickte.

»Ja, der ist tatsächlich hier.« Er sah, wie mein Blick zweifelnd zu den Tonbändern wanderte und lächelte kurz und humorlos.

»Keine Sorge, sein Bericht ist nicht dabei. Wir sind zwar mit der Untersuchung fertig, aber diese Akte ist für uns bereits abgeschlossen. Was Sie zu bearbeiten haben, sind lediglich drei völlig unspektakuläre Routinefälle.« Er erhob sich, zum Zeichen dafür, dass unsere Unterhaltung quasi beendet sei.

»Falls Sie noch Fragen haben, rufen Sie bitte an. Es ist für einen Laien sicher nicht ganz einfach, mit all den Fachausdrücken zurechtzukommen.« Diese Bemerkung ärgerte mich, vor allem, weil er sie in einem herablassenden Tonfall von sich gegeben hatte. Ich fragte ihn, wann er die Berichte zurückhaben wollte, und er meinte, bis Donnerstag würde reichen. Nach einer knappen Verabschiedung verließ ich ihn und beeilte mich, den Weg nach draußen zu finden.

Während ich mich grimmig zu meinem missglückten Auftritt und dem zweifellos dämlichen Eindruck, den ich hinterlassen haben musste, beglückwünschte, stapfte ich durch die Gänge. Diesmal benötigte ich nur die halbe Zeit, um an mein Ziel zu kommen. Aufatmend drückte ich die Glastür auf und ließ das Krankenhaus hinter mir. Dr. Frey gefiel mir nicht. Er mochte oberflächlich freundlich und integer wirken, aber er war arrogant und kalt, wenn man hinter seine Fassade blickte. Und er hatte mich recht schnell dahinter blicken lassen, sobald ich mit dem Pfarrer angefangen hatte. Ich hoffte, dass das unser einziges Kooperationsprojekt bleiben würde. Ich wollte zwar die Arbeit so gut wie möglich erledigen, aber auf weitere Zusammentreffen mit diesem Arzt konnte ich gern verzichten. Wieso war er eigentlich nicht schon längst im Ruhestand?

Auf dem Weg zum Parkplatz begegnete ich Wilson. Er grinste mich an. »Na, haben Sie einem armen Patienten von diesen Törtchen gebracht?«

»Muffins«, korrigierte ich ihn und schüttelte den Kopf. Als Engländer sollte er dieses Gebäck doch kennen! Na schön – Halbengländer.

»Nein, ich war in der Pathologie.« Er war verblüfft.

»Bei Dr. Frey?« Ich nickte.

»Ich bin gerade auf dem Weg zu ihm. Was wollten Sie dort?«

»Ich erledige einen Auftrag für ihn. Ich soll ein paar Berichte abtippen.« Er kombinierte bemerkenswert schnell.

»Der Anruf heute Nachmittag?«

»Richtig.« Der Wind blies ihm seine Haarpracht ins Gesicht und er strich sie hastig zurück. Wieder dieser Anflug von Nervosität. Der Mann brauchte ganz offensichtlich einen Urlaub. Stattdessen musste er sich mit diesem Fall beschäftigen. Aber er war sicher gut, ein fähiger Kriminalbeamter.

»Die Beerdigung ist am Mittwoch«, sagte er ganz unvermittelt und riss mich aus meinen Betrachtungen.

»Schon?«

»Ja.« Er tastete seine Jacke ab, auf der Suche nach Zigaretten. Er fand keine und steckte die Hände in die Taschen.

»Ich habe sie weggeschmissen, aber ich kann mich einfach nicht dran gewöhnen, keine mehr zu rauchen. Die Obduktion ist abgeschlossen, der Leichnam freigegeben und seine Frau wollte ihn so schnell wie möglich beerdigen.«

»Wer wird die Beerdigung halten?« Er zuckte leicht mit den Schultern.

»Der Bischof, nehme ich an. Es wird morgen in der Zeitung stehen.« Er machte eine Bewegung in Richtung Eingang. »Ich muss weiter. Auf Wiedersehen.« Ich verabschiedete mich ebenfalls und ging zu meinem Auto.

4

Kaum hatte ich die Tür geöffnet, begrüßte mich Franklin enthusiastisch. Ich stellte fest, dass er brav gewesen war und keine Unordnung angerichtet hatte. In der Küche warf ich einen Blick auf Moiras Futterschüssel und sah, dass sie noch voll war. Tagsüber ließ ich ihr meistens ein kleines Schlupfloch an einer gut verdeckten Stelle offen, so dass sie kommen und gehen konnte, wie es ihr beliebte. Und wenn ich zu Hause war, ließ ich manchmal auch die Küchentür zum Garten hinaus offen – meistens jedoch eher aus Vergesslichkeit und weil die Tür schwer schließt und gerne wieder aufspringt, wenn man ihr nicht einen Extraschubs gegeben hat. Ich hatte eigentlich auch nicht erwartet, dass Moira so schnell nach Hause zurückkehren würde. Sicher saß sie irgendwo und beobachtete ihr Revier, um zu sehen, ob Franklin bleiben oder gehen würde. Schlau genug war sie wohl, um zu wissen, dass er unser Heim für länger als nur ein paar Stunden teilen würde. Die Frage war nur, wann sie sich damit abfinden würde.

Der Kühlschrank eröffnete mir eine unerwartete Leere. Vor lauter Gefallen tun und Verabredungen einhalten hatte ich nicht daran gedacht, dass Einkaufen eine logische Voraussetzung ist, wenn man sich etwas zu Essen machen möchte. Ich bestellte eine Pizza und rief Alex an, um die Wartezeit bis zur Lieferung zu überbrücken. Bei meiner Freundin gab es keine Neuigkeiten, außer dass sich ihr großer Bruder mit seiner Familie angekündigt hatte. Herr Keller feierte diese Woche seinen 60. Geburtstag und es war ein großes Familienfest geplant. Alex drohte mir damit, dass ich ebenfalls eingeladen werden würde. Das musste allerdings wirklich nicht sein. So sehr ich die Kellers mochte, aber unsere eigenen Familienfeste waren schon genug, um meinen Bedarf an solchen Ereignissen zu decken. Ich konnte nur hoffen, dass sie es sich noch einmal überlegen würden, denn sonst musste ich eine einleuchtende Begründung finden, um mich zu entschuldigen, oder eben in den sauren Apfel beißen, wenn sich nichts aus dem Ärmel schütteln ließ.

»Mir graut es vor diesem Fest«, sagte Alex mitten in meine Überlegungen hinein. »Oliver wird versuchen, jede seiner blöden Ideen an den Mann zu bringen. Vermutlich werden wir hinterher mit allen Verwandten eine Fehde haben. Ach, übrigens, das rätst du nie, Pelo! Olli ist verliebt.« Sie senkte die Stimme zu einem vertraulichen Flüsterton. »Ich habe vorhin mitbekommen, wie er am Telefon mit jemandem gesprochen hat. Er hat sich schrecklich bemüht, sehr erwachsen zu klingen und coole Dinge zu sagen, und als ich ihn fragte, mit wem er telefoniert, ist er rot wie eine Tomate geworden.« Wir kicherten beide. Die Vorstellung, dass Oliver verliebt war, hatte einfach etwas Lustiges. Bisher hatte er nur über Mädchen geäußert, dass man sich mit ihnen nicht unterhalten könne, weil sie sich nur für unwichtige Dinge interessierten, Kleider und Frisuren zum Beispiel, oder Boygroups. Allerdings hatte er vor kurzem begonnen, seine Haare modebewusst mit viel Gel platt an den Kopf und in die Stirn zu kleben.

Dann klingelte es und ich musste das Gespräch beenden. Die Pizza war heiß und sehr lecker. Franklin lag zu meinen Füßen und tat uninteressiert, aber zweifellos hätte er jeden Krümel wahrgenommen, der zu Boden gefallen wäre. Er bekam einen Pluspunkt, weil er nicht bettelte. Während ich aß, sah ich die Nachrichten im Fernsehen. Sie waren deprimierend wie immer, deshalb schaltete ich bald wieder ab. Nach dem Essen ließ ich Franklin noch einmal in den Garten, dann schloss ich alles ab und ging nach oben, um mich zum Schlafengehen fertig zu machen. Der Tag hatte es in sich gehabt und ich war reichlich erschöpft. Eigentlich wollte ich noch etwas lesen, aber nach zwei Seiten fielen mir schon die Augen zu. Franklin lag ausgestreckt vor meinem Bett und friedlich glitten wir beide in das Reich der Träume hinüber.

Träge öffnete ich das rechte Augenlid, um einen Blick zum Fenster hinaus zu werfen. Es regnete. Seufzend wälzte ich mich auf die andere Seite und beschloss liegen zu bleiben. Von wegen goldener Oktober! Während ich wieder am Einschlummern war, fiel mir jedoch plötzlich ein, dass ich einen Hund in meiner Obhut hatte, der möglicherweise schon dringend darauf wartete, hinaus zu können. Ich warf die Decke zurück und wollte eben die Füße über die Bettkante schwingen, als ich ihn dort liegen sah, wo er sich am Abend zuvor hingelegt hatte: auf dem Bettvorleger. Ich hatte weit gefehlt mit meiner Vermutung, denn Franklin schien sich noch im Tiefschlaf zu befinden. Flach auf der Seite liegend, die Beine von sich gestreckt und leise vor sich hinatmend, bot er ein wahres Bild des Friedens. Ein Blick auf die Uhr sagte mir, dass es halb acht war. Dieser Hund war ein Langschläfer. Diese Entdeckung erfüllte mich mit einiger Zufriedenheit und entspannt ließ ich mich ins Kissen zurückfallen, zog die Decke wieder bis zu den Ohren hinauf und schloss die Augen.

Es war mir nicht vergönnt, noch einmal Ruhe zu finden. Eine halbe Minute später hörte ich ein jämmerliches Miauen heraufdringen. Vorsichtshalber machte ich die Schlafzimmertür hinter mir zu, bevor ich hinuntereilte, um Moira hereinzulassen. Sie sah schlimm aus. Offenbar hatte sie ihre Wut in einem Kampf verarbeitet. Sie hinkte ein bisschen, hatte eine Bisswunde an der linken Flanke und ein übel zugerichtetes Ohr, das blutverkrustet und zerfetzt war. Sie schlich zu ihrer Wasserschüssel und trank, fressen wollte sie nicht.

»Puss, mein Schatz, was hast du nur gemacht?« Sie setzte sich hin und fing an, sich abzulecken. »Ich fürchte, da müssen wir zum Tierarzt.« Sie hielt einen Moment inne und putzte dann weiter.

Das Wort »Tierarzt« rief bei uns beiden schlechte Erinnerungen hervor. Ich war erst einmal mit ihr zum Impfen dort gewesen, aber das hatte genügt. Sie hatte ein fürchterliches Theater gemacht, gefaucht, dass die Wände wackelten, und schließlich mussten wir sie zu dritt festhalten, damit die Ärztin ihr die Spritze geben konnte – in diesem Fall hatte uns die weibliche Partnerin der Gemeinschaftspraxis übernommen, aber ich war mir fast sicher, dass wir sie nicht noch einmal sehen würden. Wir hatten alle mehr als einen Kratzer abbekommen und Moira hasste von da an das Autofahren, da ich sie mit meinem Wagen zur Praxis gebracht hatte. Es war ohnehin Zeit für einen weiteren Arztbesuch, aber ich hatte es vor mir hergeschoben, weil mir davor graute, doch nun hatte ich keine Wahl: Sie brauchte unbedingt ärztliche Behandlung! Sicher musste sie genäht werden und vielleicht war sogar eine zusätzliche Impfung nötig.

Franklin war inzwischen wach geworden und nachdem ich mich angezogen hatte, schnappte ich ihn, machte die Leine fest und zerrte ihn hinaus in den Regen. Zuerst war er nicht begeistert, aber nach ein paar Metern hatte er sich damit abgefunden und war so vergnügt wie eh und je. Ich fand es weniger schön, ohne Frühstück und Regenschirm in aller Frühe draußen herumlaufen zu müssen. Mir war kalt und ich hatte Hunger. Ohne meinen Kaffee war ich morgens ohnehin noch nicht richtig leistungsfähig. Franklin war zufrieden damit, nach zwanzig Minuten wieder umzukehren. Was blieb mir anderes übrig, als ihn mit einem alten Handtuch abzurubbeln, nachdem wir wieder daheim waren? Er tropfte und es kostete mich etwas Mühe, seine Pfoten sauber zu bekommen, aber schließlich war alles geschafft und wir machten uns beide über unser Essen her. Moira hatte sich ins Wohnzimmer verzogen, wo ich den Kamin angemacht hatte, damit sie sich davor wärmen konnte. Sie hatte Franklin ignoriert, was mir ganz recht war. Ihm offenbar ebenso. Er hatte nur einmal kurz geblafft, als sie sich begegnet waren. Ich legte mir die Zeitung zurecht. Gleich auf der Titelseite fand sich ein Bericht über den Mord an Pfarrer Wagner. Es war klar, dass dieses Ereignis höchste Priorität für unser Lokalblatt hatte. Trotzdem war der Artikel dezent geschrieben und mit Rücksicht auf die Gemeinde und die Frau des Pfarrers. Es gab ein Foto von der Stelle, wo Herr Wagner gefunden worden war. Ein paar kahle Steinfliesen waren abgebildet, mit einem winzigen dunklen Fleck, wenn man ganz genau hinsah. Weiter hinten begannen die Stufen, die zum Kirchturm hinaufführten.

Obwohl einige Aussagen des Kommissars, der in der Kirche mit mir gesprochen hatte, aufgenommen waren, gab es keine wesentlichen Neuigkeiten zu entdecken. Die Ermittlungen waren noch auf dem Stand, auf dem sie waren, als ich mit Mister Wilson gesprochen hatte. Kein Motiv, kein Mörder, nur freundlich gesonnene Menschen, die zutiefst betroffen waren. Die Beerdigung sollte am folgenden Tag um 14 Uhr mit einem Gedenkgottesdienst beginnen. Nicht der Hilfspfarrer würde ihn halten, sondern der Landesbischof. Diese Mitteilung erleichterte mich. Ich hätte es einfach nicht für angemessen gehalten, wenn Vikar Weinzierl diese Pflicht übernommen hätte. Ich konnte mir nicht vorstellen, dass er in der richtigen Weise mit den Empfindungen der Menschen umgegangen wäre. Er hatte keinen sonderlich positiven Eindruck auf mich gemacht. Dann ermahnte ich mich jedoch wieder, nicht so voreilig zu urteilen.

Mir fiel unvermittelt meine Stille Zeit ein. In den letzten beiden Tagen hatte ich es trotz meiner guten Vorsätze völlig vergessen, mich hinzusetzen, um in der Bibel zu lesen und zu beten. So konnte das nicht weitergehen! Ich schüttelte betrübt den Kopf über meine eigene Bequemlichkeit und Vergesslichkeit und versuchte, in Gedanken meinen Tagesplan durchzugehen und eine geeignete Zeit für eine Andacht zu finden. Eines war sicher: So lange ich Franklin hier hatte, würde ich morgens voll beschäftigt sein. Bedeutete das nun, dass Franklin meine geistliche Entwicklung behinderte oder war er vielleicht doch irgendwie für irgendwas von Gott zu mir geschickt worden? Möglicherweise würde ich beim Gassigehen lauter Leute treffen, denen ich vom Evangelium erzählen konnte und die sich alle bekehren würden! Eine kurze Vision von einem Hauskreis in einem vollkommen überfüllten Wohnzimmer und in dem etwa fünfzig Hundebesitzer zusammen Gott lobten und sangen, zog an mir vorbei. Mit einem tiefen Seufzen musste ich mich dann jedoch der Realität stellen, die wohl so aussah, dass ich früh morgens kaum ansprechbar war und vermutlich eher selten mit wildfremden Menschen Gespräche über den Glauben führen würde. Um aber wenigstens etwas zu tun, faltete ich für einen Moment die Hände und betete für Frau Wagner und die Aufklärung dieses Mordes. Pfarrer Wagner hatte es wirklich verdient, dass sein Mörder gefunden wurde.

Nach einem Anruf in der Tierarztpraxis stopfte ich Moira in die Transportbox. Sie leistete weniger Widerstand als erwartet. Sie war offensichtlich ziemlich geschwächt und ihr Appetit war noch nicht zurückgekehrt. Ich stellte die Box auf dem Rücksitz ab und setzte mich voll düsterer Ahnung hinter das Lenkrad. Wir waren noch keine fünf Minuten unterwegs, da hatte sie es geschafft, sich aus der Box zu befreien und kletterte im Auto umher. Ich fuhr rechts ran und setzte den Warnblinker. Moira wieder einzufangen war ein Albtraum. Sie entwischte mir eins ums andere Mal, zerkratzte mir beide Hände und riss ein Loch in meinen Pullover. Endlich konnte ich sie im Genick packen, als sie unter den Beifahrersitz geflüchtet war. Ich zerrte sie hervor, obwohl sie sich mit allen Krallen im Boden festgehakt hatte. Ich hatte Angst, ihr weh zu tun, aber was hätte ich machen sollen? Wenn ich sie jetzt nicht eingefangen hätte, hätte ich es später tun müssen, was es vermutlich nicht besser gemacht hätte. Dafür wäre sie die ganze Fahrt über panisch herumgesprungen und am Ende noch der Anlass für einen Unfall gewesen. Ich schaffte es, sie hervorzuziehen, aber sie wollte ihren Widerstand nicht aufgeben. Mit ihr kamen ein paar zusammengeheftete Blätter zum Vorschein. Ich packte Moira so schnell wie möglich zurück in die Box und verschloss mit zitternden Fingern das Türchen. Diesmal vergewisserte ich mich zweimal, dass das Schloss ordentlich geschlossen war. Ich hatte eigens ein kleines Bügelschloss angebracht, das aber gelegentlich nicht ganz zuschnappte und dann leicht zu öffnen war. Moira musste daran herumgespielt haben, so dass es wieder aufging.

Atemlos und zerzaust ließ ich mich wieder auf den Fahrersitz fallen. Ein Blick in den Rückspiegel bestätigte meine Befürchtung, dass ich aussah wie vom Winde verweht. Das Kämmen hätte ich mir sparen können und den geflochtenen Zopf ebenfalls. Er hatte sich beinah vollständig aufgelöst und die blonden Strähnen standen in alle Richtungen.

»Danke Puss«, schnaubte ich Moira zu, die in Lauerstellung in ihrem Gefängnis lag. Ich winkte den Leuten zu, die auf dem Gehweg standen und mich beobachteten. Offenbar fragten sie sich, wieso ich derart hektisch in meinem Auto herumtobte. Dann zog ich die gehefteten Blätter heran und inspizierte sie. Es handelte sich um die Absolventenzeitung eines Hochschulseminars. Da ich im Moment keine Zeit hatte, mich näher damit zu befassen, verschob ich die genauere Betrachtung auf später, wenn ich zu Hause war.

Entgegen meiner Erwartungen kamen wir wieder zu der inzwischen schon bekannten Tierärztin, die Moira als Erstes eine Beruhigungsspritze gab. Ein kurzer Blick erst auf mich und dann auf die Katze hatte genügt, um sie hinreichend ins Bild zu setzen. Nach der Spritze schlief Moira beinahe im Stehen ein und es war kein Problem mehr, sie zu behandeln. Anschließend kam ich an die Reihe. Stirnrunzelnd betrachtete die Ärztin die Schrammen auf meinen Händen.

»Eine rechte Raubkatze haben Sie da«, sagte sie, während sie mit Desinfektionsmittel an mir herumtupfte.

»Och, sonst ist sie ganz lieb. Sie hat nur panische Angst vorm Tierarzt«, entschuldigte ich Moiras Verhalten. Sie schlief inzwischen tief und fest in ihrer Box und sah aus, als könnte sie kein Wässerchen trüben.

»Außerdem hat sie seit gestern etwas Stress. Ich habe jetzt nämlich einen Hund in Pflege und ich glaube, sie kann ihn nicht besonders leiden.« Die Ärztin runzelte die Stirn und sagte nichts, wofür ich ihr dankbar war. Kluge Kommentare hätten die Situation auch nicht verbessert.

»Falls noch etwas sein sollte, rufen Sie mich an.« Sie drückte mir die Hand zum Abschied und ich ging mitsamt Katze hinaus, um an der Rezeption sicherzustellen, dass mir die Rechnung nach Hause geschickt würde. Ich wollte lieber nicht wissen, was es kostete, deshalb fragte ich erst gar nicht.

Im Auto betrachtete ich Moira besorgt durch das Gittertürchen hindurch. Sie hatte einen kleinen Verband am Ohr, den sie zweifellos in kürzester Zeit abgekratzt haben würde, sobald sie wieder wach war. Den Biss an der Flanke hatte die Ärztin mit wenigen Stichen genäht, wozu sie allerdings erst das Fell drumherum abrasieren musste, so dass Moira dort jetzt ganz kahl war. Ein weiterer Besuch zum Fädenziehen erübrigte sich vermutlich, weil die Dame das selbst erledigen würde. Im Moment war sie aber noch weit entfernt davon. Wenn man der Tierärztin glauben konnte, würde sie noch mindestens zwei oder drei Stunden fest schlafen. Außerdem war sie sicher noch ganz erschöpft von ihrer nächtlichen Rauferei, so dass ich hoffte, sie würde sogar länger in diesem Ruhezustand bleiben. Es täte ihr nur gut, sich ausreichend zu erholen. Und ich konnte es mir erlauben, auf der Heimfahrt einen kleinen Umweg zu machen, um in »Mützels Buchwelt« vorbeizuschauen, da ich unbedingt Literatur über Hundehaltung benötigte. Ich hatte ja von nichts eine Ahnung, nicht einmal davon, wie viel Futter Franklin brauchte. Moira ließ ich zwischen Beifahrer- und Rücksitz zurück, wo ich die Transportbox auf den Boden gestellt hatte, damit nicht etwa jemand auf die glorreiche Idee kam, durch die Scheibe mein Kätzchen anzustarren oder womöglich dagegenzuhämmern, um es aufzuwecken.

Der Laden war ziemlich leer. Um die Mittagszeit war nie viel los, außer kurz vor Weihnachten, und heute war es noch nicht einmal Mittag, sondern erst später Vormittag. Ich überflog den Wegweiser, um die Tierbücher ausfindig zu machen, und begab mich dann in die entsprechende Abteilung im zweiten Stock. Nach kurzem Stöbern und Vergleichen entschloss ich mich für ein ziemlich umfangreiches Buch über Golden Retriever zum horrenden Preis von neunundzwanzig Euro. Es hatte viele schöne Bilder und nützliche Informationen zur Haltung, Erziehung und dem Charakter dieser Hunderasse. Das Geld war sicherlich gut angelegt, tröstete ich mich.

Nachdem ich bezahlt hatte, kämpfte ich mit mir. Sollte ich direkt zum Auto zurückgehen oder erst noch einen Abstecher in meine Lieblingsabteilungen machen? Ich hatte am Morgen in der Zeitung ganz kurz eine Rezension über einen neuen Krimi gelesen, die interessant gewesen war. Also auf zu den Geschichten über Mord und andere Verbrechen. Das erinnerte mich an den Pfarrer, dessen Tod noch immer so unerklärlich schien. Vielleicht würde es ja bei der Beerdigung etwas Neues geben.

»Hallo.« Ich zuckte zusammen. Oh nein! Wäre ich nur nicht zu den Krimis gegangen! Der blonde Adonis stand neben mir und strahlte mich an. »Schon wieder hier?«, fragte er überflüssigerweise.

»Wie Sie sehen«, entgegnete ich und versuchte, nicht zurückzulächeln.

»Lassen Sie mich raten! Sie lieben Krimis, stimmt's?« Das war eine herausragende Denkleistung von ihm, aber er brachte sie mit so viel Charme zustande, dass ich nun doch lachen musste.

»Das war ja nicht schwer zu erraten.«

»Nein, nachdem ich Sie gestern und heute hier gesehen habe, lag das auf der Hand.« Dann entdeckte er die Tüte an meinem Handgelenk. »Oh, Sie haben bereits etwas gekauft?« Ich zog das Buch hervor, um es ihm zu zeigen.

»Wunderschöne Hunde«, kommentierte er. »Möchten Sie sich einen zulegen?« Ich schüttelte den Kopf.

»Dann ist es ein Geschenk?«, bohrte er weiter.

»Nein, weder noch. Ich habe seit gestern einen zur Pflege. Und da ich nicht besonders viel über Hunde weiß, brauche ich etwas Hilfestellung.« Er nickte und freute sich.

»Das ist phantastisch. Ich hätte selbst gern einen Hund, aber es geht nicht, weil ich den ganzen Tag arbeiten muss.« Jetzt fiel bei mir der Groschen.

»Sie arbeiten hier?« Er nickte wieder.

»Ja, aber nur als Aushilfe. Wenn keine Ferien sind, studiere ich.« Ich fragte ihn nicht, welche Fächer, da er das sicher erwartete.

Nach einer kurzen Pause setzte er mit einem erneuten leichten Erröten zu einer Wiederholung seiner gestrigen Frage an. »Würden Sie heute etwas mit mir trinken gehen?« Ich schwankte. Er war zweifellos sehr nett und natürlich überaus gutaussehend. Ich konnte mir durchaus vorstellen, dass wir uns gut unterhalten könnten, aber andererseits wollte ich mich nicht verlieben. Nicht in ihn. Wenn ich erst eine Weile in seine meerblauen Augen geschaut und entzückende kleine Komplimente über mich ergehen gelassen hatte, würde mein Herz ganz bestimmt Purzelbäume schlagen. Aber wollte und konnte ich wirklich so unnachgiebig sein?

»Nein, tut mir Leid«, sagte ich schließlich zögernd und mit so viel unwillkürlichem Bedauern in der Stimme, dass es sogar mir auffiel. Er schöpfte neue Hoffnung.

»Dann an einem anderen Tag vielleicht?« Große blaue Augen und strahlend weiße Zähne blendeten mich.

»Mal sehen, vielleicht.« Ah Penelope, diese Schlacht hast du verloren!

»Geben Sie mir Ihre Telefonnummer? Ich rufe Sie an und dann können wir etwas ausmachen.« Innerlich mit knirschenden Zähnen gab ich ihm meine Nummer und flüchtete.

Vor dem Badezimmerspiegel stellte ich fest, dass ich noch immer sehr mitgenommen aussah und fragte mich, wieso dieser Mann ausgerechnet mit mir ausgehen wollte. Moira hob ich vorsichtig aus der Box und legte sie auf eine Wolldecke vor dem Kamin, der noch leicht vor sich hinschwelte. Mir würde sicher irgendwann einmal das Haus abbrennen, weil ich vergessen hatte, den Kamin auszumachen. Während ich Moiras rotes Tigerfell streichelte, kam Franklin zu uns und beschnupperte sie leicht. Dann kam seine lange Zunge heraus und leckte einmal vorsichtig über das Katzenfell. Ich legte meinen Arm um ihn. Er war einfach ein Prachtbursche, auch wenn er mindestens dreimal am Tag hinaus musste, egal bei welchem Wetter. Ich hoffte, dass dieses Freundschaftszeichen in Moiras Unterbewusstsein eindrang und sie versöhnlich stimmen würde. Sie schlief weiter und schlief auch immer noch, als ich vom Einkaufen und von einem ausgiebigen Spaziergang mit Franklin im strömenden Regen nach Hause kam. Mein Mittagessen war etwas spärlich ausgefallen, da ich keine Lust hatte zu kochen. Deshalb machte ich eine Kanne Tee, legte zwei frische Muffins auf einen Teller und setzte mich in meinem Büro vor den Computer, um mit meinem Auftrag zu beginnen.

Seit ich in Großtante Ediths Haus lebte, hatte ich ein Zimmer, das ganz allein meiner beruflichen Tätigkeit diente: besagtes Büro. Es lag im ersten Stock neben meinem Schlafzimmer und hatte ein Fenster zum Garten hinaus. Es war nicht besonders groß, aber wozu brauchte man auch ein großes Arbeitszimmer? Ein alter Schreibtisch und mein PC hatten darin Platz, außerdem ein Bücherschrank, in dem alle Bücher standen, die irgendwie mit meiner Arbeit zu tun hatten, also Lexika, Wörterbücher, Literaturwissenschaftliches, Zeitschriften, Aktenordner und dergleichen mehr, eine kleine Kommode, in der ich Papier, Stifte, Briefumschläge und dieses ganze Zeug aufbewahrte, und ein kleines Sofa. Es war ein süßes kleines Biedermeiersofa, das eigentlich rein dekorativen Zwecken diente, denn ich hielt mich zum Lesen und auch sonst meistens im unteren Stockwerk auf.

Alexandra hatte einen Narren an diesem Möbel gefressen. Wann immer sie bei mir war, schlich sie sich irgendwann die Treppe hinauf und setzte sich genüsslich darauf, nachdem sie es erst andächtig betrachtet hatte. »Solche Dinge werden heute gar nicht mehr hergestellt«, sagte sie dann gelegentlich, wenn ich sie schließlich in meinem Büro fand, oder: »Ich bin immer wieder erstaunt, wie bequem es ist.« Alex kam auch gerne genau dann, wenn sie wusste, dass ich etwas zu arbeiten hatte, um mir dabei Gesellschaft zu leisten. Nicht, dass ich in ihrer Gegenwart produktiv hätte sein können, aber es machte trotzdem Spaß, denn meistens kochte sie einen Tee, setzte sich aufs Sofa und hielt mich mit ihren munteren Kommentaren so lange von der Arbeit ab, bis ich es endgültig aufgab und wir eines unserer Gespräche führen konnten, die in meinem Büro oft eine besonders philosophische Note erhielten.

In diesem kleinen Zimmer saß ich also und fing an, der beeindruckenden Stimme von Dr. Frey zu lauschen, der um Leichen herummarschierte und dabei die kleinen Details, die zum Tode geführt hatten, in sein Diktiergerät sprach. Es klingelte, als ich mitten im zweiten pathologischen Bericht war. Franklin stand schon bellend und schwanzwedelnd an der Tür, als ich dazukam und durch den Spion nach draußen schaute. Es war Kommissar Wilson. Ich öffnete und er war erstaunt, dass mein Hund um ihn herumsprang und ihn begrüßte. Wenn Franklin allen Fremden gegenüber so aufgeschlossen war, würde er mich nicht gerade vor Einbrechern bewahren. Ich war auch erstaunt, aber nicht über den Hund, sondern über meinen Besucher. Was konnte er schon wieder von mir wollen? Mein Alibi noch einmal überprüfen? War ich jetzt eine Verdächtige?

»Darf ich hereinkommen?«, fragte er, da ich ihn noch nicht hereingebeten hatte.

»Wenn Sie mir verraten, weshalb Sie hier sind.« Er räusperte sich.

»Ich war gerade in der Gegend und dachte mir, dass Sie vielleicht noch ein paar nützliche Informationen für mich hätten.« Ich wusste zwar nicht, wo ich »noch ein paar nützliche Informationen« ausgraben sollte, ließ ihn aber trotzdem eintreten. Er tropfte richtiggehend und ich wollte ihn nicht so nass draußen stehen lassen. Er zog seine Jacke aus und ich holte ihm ein Handtuch, damit er sich die Haare trocknen konnte.

»Meine Güte, wieso sind Sie denn so nass?«, fragte ich ihn verwundert, während er die Schuhe auszog.

»Ich hoffe, es stört Sie nicht«, sagte er entschuldigend und deutete dabei auf seine Füße. »Meine Schuhe sind völlig durchweicht und das möchte ich Ihrem Teppichboden nicht antun.« Ich nickte zum Zeichen dafür, dass es mir recht war. »Ich bin vom Gemeindebüro hergelaufen.« Er rubbelte seinen Kopf mit dem Handtuch ab. »Mein Auto ist nicht mehr angesprungen. Das passiert manchmal, wenn es zu feucht ist. Eigentlich wollte ich nur fragen, ob Sie mir Starthilfe geben können, aber es hat doch mehr geregnet, als ich dachte.« Eine etwas wirre Geschichte.

»Woher wissen Sie, dass ich ein Auto habe?«

»Ich habe Sie gestern Abend wegfahren sehen, vor dem Krankenhaus.« Er musste mir nachgeschaut haben.

»Und wieso haben Sie nicht jemanden im Gemeindebüro um Hilfe gebeten?«

»Es war keiner mehr da. Ich hatte nur kurz mit Vikar Weinzierl geredet, der dann gegangen ist und alles abgeschlossen hat. Tja, und dann saß ich in meinem Wagen und musste feststellen, dass der die Zusammenarbeit verweigerte.« Er grinste mich an. Seine Haare standen nach allen Seiten ab. »Sind diese Erklärungen zufriedenstellend?«

Das waren sie wohl. Ich ging voraus ins Wohnzimmer, wo das Feuer fast ausgegangen war. Ich legte etwas Holz nach und brachte es wieder richtig zum Brennen, damit Mister Wilson sich daran aufwärmen konnte. Moira hatte die Stellung gewechselt und lag jetzt in Seitenlage lang hingestreckt mit dem Bauch zur Wärmequelle. Die Naht an ihrer Flanke fiel gar nicht so sehr auf, wie ich befürchtet hatte, aber das verbundene Ohr war nicht zu sehen, so dass ich nicht wusste, ob der Verband noch dran war oder ob sie sich seiner schon entledigt hatte. Wenn Letzteres der Fall war, hoffte ich, sie würde keine Blutflecken auf den Teppich machen. Wilson ließ sich in einen der beiden Sessel plumpsen, die direkt vor dem Kamin standen, und glättete mit den Fingern notdürftig seine Frisur. Er sah nicht so aus, als ob er es eilig hätte mit der Starthilfe.

»Möchten Sie einen Tee?« Er schaute mich begeistert an. Ich ging in die Küche und ließ ihn mit Moira und Franklin zurück, der sich neben unseren Gast gesetzt hatte und darauf hoffte, gestreichelt zu werden.

Als ich mit heißem Tee und Muffins zurückkam, war Wilson eingedöst und lag mit schrägem Kopf und leicht geöffnetem Mund im Sessel. Ich rückte den Fußhocker neben ihn und stellte das Tablett darauf. Dann setzte ich mich zu Moira und kraulte sie. Sie schnurrte, was ich als gutes Zeichen deutete. Franklin hielt sich zurück und blieb neben dem Kommissar liegen. Moira öffnete die Augen halb und sah einmal kurz zu dem Retriever hin, beschloss aber, ihn weiter zu ignorieren und liegen zu bleiben. Franklin wollte nun doch ebenfalls etwas Aufmerksamkeit, weshalb er Mister Wilson anschubste und damit aufweckte.

»Oh«, murmelte dieser. »Ich muss eingeschlafen sein. Diese Wärme macht einen ganz schläfrig.«

»Nicht zu vergessen, dass Sie eigentlich im Urlaub sein sollten«, fügte ich hinzu. Da ich keine Anstalten machte aufzustehen, bediente er sich selbst aus der Teekanne. Dann sackte er mit der Tasse in der Hand wieder zurück in das weiche Rückenpolster. Wir sprachen über meinen Besuch bei Dr. Frey und da Mister Wilson offenbar etwas über meinen persönlichen Eindruck hören wollte, erzählte ich ihm, dass mir der Arzt nicht sonderlich sympathisch war und dass ich das Gespräch mit ihm als unerfreulich empfunden hatte, wie er wohl auch.

»Darf ich fragen, um was es in diesem Gespräch ging, das Dr. Frey so unangenehm war?« Ich zögerte und fühlte, wie ich rot wurde. Ich hoffte, dass mein Besucher es bei der schwachen Beleuchtung im Raum nicht bemerken würde.

»Nun, wir sprachen über die Berichte, die ich für ihn abtippen soll, und er erklärte mir, dass es sich um Obduktionsberichte handelte und wie ich die Formulare zu verwenden hätte. Da fiel mir ein, dass der Pfarrer ja sicher auch von ihm, äh, untersucht worden war, deshalb fragte ich ihn danach. Ich hatte einfach plötzlich Angst, dass dieser Bericht auf einem der Tonbänder sein könnte.«

»Und was hat er geantwortet?«

»Er hat sich gleich bemüht, meine Befürchtung zu zerstreuen, obwohl ich sie nicht offen ausgesprochen hatte. Er meinte, dass sie mit der Untersuchung des Pfarrers bereits vollständig fertig seien, inklusive Bericht.« Er nickte wieder.

»Ja, wir haben ihn dazu bewegen können, die Leiche gleich am Sonntag zu obduzieren. Obwohl er offensichtlich der Meinung war, dass Montag auch noch genügen würde.« Er lächelte mich an. »Ich teile ihre Meinung über Dr. Frey. Er ist im Grunde ein unangenehmer Mensch. Leider mit viel Macht. Er ist der stellvertretende Leiter des Krankenhauses und auf seinem Fachgebiet eine Berühmtheit.«

Mein Besucher blieb, bis er Tee und Muffins vernichtet hatte, was ziemlich bald erledigt war, dann fragte er, ob er den Autodienst anrufen dürfe. Ich erlaubte es ihm großmütig und nach diesem Anruf schlüpfte er in seine nassen Schuhe und die ebenso durchweichte Jacke und schickte sich an zu gehen. Ich öffnete die

Haustür. Draußen goss es noch immer. In Gedanken sah ich mich schon wieder vor dem knisternden Feuer im Kamin sitzen und lesen, als mir ein gewisser Vierbeiner einfiel, der noch einen Spaziergang erwartete. Ich wusste nicht, wen ich mehr bedauern sollte: Wilson oder mich. Er rief mir noch ein kurzes »Vielen Dank und bis morgen« zu, dann eilte er durch den Regen davon zu seinem Wagen.

Ich ging seufzend zurück in mein kuschelig warmes und trockenes Wohnzimmer, wo Franklin dösend vor dem Feuer lag. Moira hatte sich auf den Sessel zurückgezogen, auf dem zuvor unser Gast gesessen hatte, und ich betrachtete es als eine positive Entwicklung, dass sie noch immer nicht die Flucht ergriffen hatte. Es schien ihr besser zu gehen, denn sie putzte sich, zwar müde, aber gründlich. Ich streichelte sie ein bisschen und dankte ihr für den Waffenstillstand. Dann wandte ich mich Franklin zu. »Franklin, komm, wach auf. Es ist Zeit für etwas Auslauf.« Er hob träge den Kopf und blieb liegen. Ich zog mir Schuhe und Regenjacke an und nahm die Leine vom Haken. »Franklin, was ist?« Müde kam er herbeigetrottet. »Ich dachte, Hunde gehen gern nach draußen, egal bei welchem Wetter.«

Offenbar war Franklin ein Ausnahmehund. Oder war er etwa schon ein beginnender Greis? Frau Wagner hatte nichts weiter gesagt, aber sie hatte allgemein ziemlich wenig über Franklin gesagt, deshalb war mir das nicht aufgefallen. Ich fand eigentlich nicht, dass er alt aussah, beschloss aber, mit ihm zum Tierarzt zu gehen und ihn untersuchen zu lassen. Wenn ich mich richtig erinnerte, war unter seinen Papieren, die mit in meine Obhut gegeben worden waren, ein Impfpass. Es wäre mir jedoch wesentlich lieber gewesen, wenn es noch nicht an der Zeit für eine Impfung wäre, denn bei dem Wort Tierarzt kam mir unwillkürlich die Leere meines Geldbeutels in den Sinn. Natürlich war es schrecklich unpassend, aber ich musste es irgendwie einrichten, Frau Wagner nach der Beerdigung zu fragen, wie ich mit Rechnungen und den anderen Kosten verfahren sollte.

Franklin setzte sich auf die Türschwelle, als er den Regen sah, und ich musste ihn einige Meter weit mitzerren. Aber wie am Morgen änderte er schnell seine Meinung, nachdem er erst einmal nass war, und sprang hierhin und dorthin, ungeachtet der Schlammpfützen, die es auf dem Weg zum nächsten Ziel zu durchqueren galt. Ich musste unbedingt eine längere Leine besorgen. Die, die ich im Moment hatte, ließ meine Arme zu Gummi werden. Besonders gut erzogen schien Franklin nicht zu sein, also wäre es vielleicht auch angebracht, eine Hundeschule mit ihm zu besuchen. Ich stöhnte innerlich bei diesen Aussichten. Ein Hund war äußerst zeitraubend.

5

Das musste ich erneut feststellen, als das dreckbespritzte Fellbündel und ich zu Hause ankamen. Ich schob Franklin unter die Dusche und brauste ihn ab. Begeistert war er davon nicht, aber er ließ es über sich ergehen. Allerdings entwischte er mir danach und schüttelte sich mitten im Badezimmer so ausgiebig, dass ich anschließend mit einem Lappen alle Fliesen abwischen musste. Als ich später nach unten kam, wo er sich wieder vor dem Kamin niedergelassen hatte, war sein Fell sauber, weich und glänzend. Vielleicht sollte ich meine eigenen Haare auch einmal mit einer Schlammspülung beglücken? Ich fütterte meine beiden Mitbewohner, machte mir selbst ein paar belegte Brote und einen Salat und ließ mich in meinem Lieblingssessel nieder. Es war ein großer Ohrensessel, der mit einem geblümten Stoff überzogen war und zu dem ein ebenso gemusterter Fußhocker gehörte. Der andere Sessel – der, in dem Wilson gesessen hatte – war etwas kleiner, etwas runder und nicht geblümt, sondern dezent kariert, aber mindestens genauso gemütlich. Nur leider gehörte zu ihm kein Fußhocker, was ihn bei der Endausscheidung für meinen Lieblingssitzplatz disqualifiziert hatte. Ein kleines Tischchen neben meinem Sessel vervollständigte die Bequemlichkeit, da es als Ablage diente. Den Teller und eine Tasse mit frischem Tee hatte ich darauf abgestellt und die Lektüre für diesen Abend lag schon bereit.

Zuerst widmete ich mich dem neu erstandenen Hundebuch und versuchte, mir alles zu merken, was es über Futterart und Futtermenge, Bewegungsbedarf, Charaktereigenschaften, mögliche Unarten und Eigenarten, herausragende Merkmale, Verhaltensregeln und so weiter zu wissen galt. Als mir schließlich der Schädel brummte von all den Informationen, legte ich das Buch weg und nahm das Heft zur Hand, das ich mit Moiras Hilfe in meinem Auto gefunden hatte. Es handelte sich tatsächlich um eine Absolventenzeitung, angefertigt von einer Gruppe des Theologischen Seminars in Heidelberg. Sie sah aus, wie alle diese Zeitungen aussehen, mit Fotos von den Leuten, lustigen Kommentaren, Gruppenbildern, Stilblüten und Artikeln über gemeinsame Erlebnisse, die die Studienzeit begleitet hatten. Es schien eine kleine und fröhliche Truppe zu sein, die sich da durch die Zeit der Mühen zusammengerauft hatte, und ich kam ins Grübeln, ob ich nicht besser auch studiert hätte. Andererseits machte ich das, was ich machen wollte, wozu also hätte ich studieren sollen? Trotzdem, der Zusammenhalt, der aus diesen Fotos sprach, stimmte mich ein klein wenig wehmütig.

Schließlich verscheuchte ich diese Gedanken, denn sie brachten mich nicht weiter. Es blieb die Frage, wie dieses Heft in mein Auto gekommen war und wem es gehörte. In letzter Zeit hatte ich niemanden mitgenommen, der als Besitzer in Frage kam, und es hatte auch keiner etwas als vermisst gemeldet. Wer könnte wohl eine Abschlusszeitung eines theologischen Seminars besitzen? Mit dieser Frage gab ich mir selbst das Stichwort und erinnerte mich daran, dass ich ja die Kartons mit den Sachen des Pfarrers transportiert hatte. Dieses Heft musste unter meinen Sitz gerutscht sein, als die Kisten umgekippt waren, und wahrscheinlich hatte ich es nicht bemerkt, als ich die verstreuten Teile wieder einsammelte. Ja, dann musste das Pfarrer Wagner gehören. Ich fragte mich allerdings, was er mit einer Abschlusszeitung von vor drei Jahren wollte, wenn er selbst doch schon mindestens seit zwanzig Jahren im Amt war. Vielleicht kannte er jemanden aus diesem Jahrgang?

Ich schaute mir noch einmal Seite für Seite sorgfältig an und blieb schließlich bei dem Gruppenfoto hängen. Ungefähr fünfzehn Leute waren da abgebildet, vorne eine Reihe kniend, die zweite Reihe dahinter stehend. Teilweise hatten sie die Arme umeinander gelegt und alle lachten. Ein junger Mann fiel mir auf, der ganz rechts stand und langes, lockiges Haar hatte. Die Locken hingen ihm tief ins Gesicht, so dass die Augen fast nicht zu sehen waren, aber trotzdem kam er mir bekannt vor. Dann plötzlich wusste ich, dass es der Vikar war, Ulrich Weinzierl. Er sah jetzt völlig anders aus, hatte einen kurzen Haarschnitt, bei dem seine Locken nicht zum Vorschein kamen (falls sie echt waren), außerdem erschienen die Haare auf dem Bild heller, aber das war schwer zu beurteilen, da es eine schwarzweiße Kopie war. Außerdem trug er jetzt immer eine Brille und auf dem Foto hatte er keine auf.

Ich studierte die Namen unter der Aufnahme, aber es fand sich kein Weinzierl dabei. Wenn die Reihenfolge stimmte, dann hieß der Mann, den ich für den Hilfspfarrer hielt, Jens Mallinger. Immerhin konnte es genauso gut sein, dass ich mich irrte. Möglicherweise waren sich die beiden nur sehr ähnlich. Bei den Porträtfotos fehlte dieser Jens Mallinger, wie ich gleich darauf feststellte. Und auch bei der Aufzählung der einzelnen Studenten, die ihre Prüfung erfolgreich abgeschlossen hatten, war er nicht mit dabei. Merkwürdig war das alles. Aber falls es doch der Hilfspfarrer war, dann gehörte dieses Heft wahrscheinlich ihm. Am besten, ich fragte ihn am nächsten Tag. Womöglich war dieser Jens Mallinger ja auch ein vermisst geglaubter Zwillingsbruder von unserem Herrn Weinzierl?

»Ich habe entschieden zu viel Phantasie, meine Lieben«, erklärte ich den beiden Vierbeinern, die seelenruhig in meiner Nähe schliefen und mich ignorierten. Inzwischen war es spät geworden. Ich trieb Franklin auf einen letzten Rundgang in den Garten hinaus und entdeckte dabei, dass der Regen beträchtlich nachgelassen hatte. Dann ging ich zu Bett und fiel schon bald in einen tiefen Schlaf.

Mit einem Ruck fuhr ich hoch und riss mit wild klopfendem Herzen die Augen auf. Ich schaute in Franklins grinsendes Gesicht, aus dem eben eine feuchte Zunge kam und meine Nase ableckte. Er stand auf meinem Bett und bemühte sich nach Kräften, mich wach zu bekommen. Ich scheuchte ihn runter und schaute auf die Uhr. Sechs Uhr neun. Viel zu früh, sagte ich mir und legte mich wieder hin, aber da hatte ich die Rechnung ohne den Hund gemacht. Er setzte sich neben mein Bett und ließ in regelmäßigen Abständen ein Bellen ertönen. Ich vermutete, das sollte heißen, dass er nach draußen wollte, und richtig, sobald ich meine Beine unter der Decke hervorgewühlt und an die kalte Luft geschoben hatte, trabte er mit begeistert heraushängender Zunge zur Tür.

Noch ein kurzes Bellen und er wetzte die Treppe hinunter, wo er vor der Haustür sitzen blieb und zu mir heraufsah. »Darf ich mich wenigstens noch anziehen?«, brummte ich ihn an.

Noch im Halbschlaf warf ich mir die erstbesten Kleidungsstücke über, die ich finden konnte, und machte mir einen Zopf, damit es nicht so sehr auffiel, dass ich noch ungeduscht und frisch aus dem Bett war. Man musste allerdings nur in meine kleinen Augen sehen, um das ohne Schwierigkeiten feststellen zu können. Ich öffnete die Haustür und schaute vorsichtig hinaus. Der Himmel war zwar grau, jedenfalls so weit das in der Dämmerung festzustellen war, aber es regnete nicht. Dafür wehte ein ausgesprochen kalter Wind, der mich gleich wieder zurücktrieb, um eine dicke Jacke zu suchen. Nach dieser Aktion war ich so weit bei Bewusstsein, dass wir losmarschieren konnten. Franklin tobte umher, dass es eine wahre Pracht war. Offenbar hielt seine Schläfrigkeit nur bei Regen vor. Sobald es trocken war, hatte er einen unbändigen Bewegungsdrang. Er schleppte mich von einem Baum zum anderen und ich ließ ihn gewähren, weil ich noch zu schwach war, um mich dagegen aufzulehnen. Ich sehnte mich nach einer dieser Hundeleinen, die man auf ein paar Meter ausfahren lassen konnte. Ich musste unbedingt an diesem Vormittag eine besorgen.

Als wir zurückkamen, war es halbwegs hell und hinlegen wollte ich mich dann auch nicht mehr. Ich gab Franklin und Moira Futter, machte eine kurze Andacht, bei der mir mehrmals die Augen zufielen und ging duschen. Ich wollte mich gleich an die Arbeit machen und die restlichen Obduktionsberichte abtippen, dann konnte ich sie noch vor der Beerdigung im Krankenhaus abliefern. Ob Dr. Frey auch kommen würde? Seine Sekretärin würde gewiss ebenfalls kommen. Sie war so betroffen gewesen, als sie von dem Tod des Pfarrers gesprochen hatte, und es tat mir jetzt noch Leid, dass ich sie unabsichtlich in dieses Thema hineingedrängt hatte.

Kurz vor Mittag war ich fertig mit den Berichten und verbrachte eine Weile vor dem Kleiderschrank mit der Frage, was ich anziehen sollte. Schließlich entschied ich mich für einen schwarzen Hosenanzug, da es mir für einen Rock zu kalt war. Dazu würde ich den dunkelgrauen Wollmantel anziehen, der zwar nicht besonders gut wärmte, aber farblich am passendsten war. Vorsichtshalber packte ich einen Schirm ein, stopfte die fertige Arbeit in eine Tasche und machte mich auf den Weg, nachdem ich Franklin kurz in den Garten gelassen hatte. »Wir gehen später ausgiebig spazieren, mein Guter«, hatte ich ihm versprochen, denn im Moment hatte ich einfach keine Zeit dafür.

Ich fuhr zum Krankenhaus und suchte wieder meinen Weg durch das Gängelabyrinth. Obwohl ich schon einmal hier gewesen war, musste ich wieder jemanden fragen und erwischte dieses Mal eine Krankenschwester, die zufällig gerade auf dem Weg zur Pathologie war und mich im Stechschritt mitnahm. Völlig außer Atem klopfte ich bei Dr. Frey an, aber es antwortete niemand. Offenbar war er nicht in seinem Büro. Im Zimmer nebenan arbeitete Frau Hultlein, also versuchte ich es dort. Ich hatte Glück, sie war da. Sie war eine kleine, schmale Frau von etwa fünfundvierzig Jahren, mit einer mütterlichen Ausstrahlung und kurzem, hellbraunem Haar. Sie trug ebenfalls Schwarz und sah bekümmert drein, als ich mich ihr vorstellte.

Ich überreichte ihr die Berichte mit den Tonbändern und den übrig gebliebenen Formularen mit der Bemerkung, dass Dr. Frey nicht in seinem Büro sei.

»Oh ja, er ist heute außer Haus.« Sie erhob sich, um die Unterlagen in ein Fach zu legen. Im Gegensatz zu mir trug sie einen knielangen Rock mit einer schwarzen Seidenbluse. Ihre Pumps hatten reichlich hohe Absätze. »Ich nehme an, wir werden uns auf der Beerdigung sehen?«, fragte sie mich.

»Ja, sicher, ganz bestimmt.« Ich war ein bisschen in Eile, weil ich noch die Hundeleine besorgen und etwas essen wollte, bevor ich zum Friedhof fuhr. Ich versprach, die Rechnung zu schicken, verabschiedete mich und ging zum Ausgang. Den Weg nach draußen fand ich ohne Probleme. Anscheinend handelte es sich hier um ein psychologisches Problem, dachte ich belustigt. Den Weg hinein konnte ich mir nicht merken, aber hinaus ging es immer schnell. Allgemein war mir aber nicht sonderlich lustig zumute, ganz im Gegenteil. Ich fand Beerdigungen grundsätzlich tieftraurig und nun handelte es sich auch noch um die eines guten Bekannten. Mit Anton Wagner hatte mich zwar eine vorwiegend geschäftliche Beziehung verbunden, doch schon allein die Umstände seines Todes genügten, um ein beklemmendes Gefühl hervorzurufen.

Im Zoogeschäft, das ich sonst nur von meinen gelegentlichen kleinen Besorgungen für Moira kannte, erhielt ich eine letzte Ablenkung, bevor dieser Nachmittag in Grabesstimmung versank. Außer einer unverschämt teuren Hundeleine zum Aus- und Einrollen erstand ich eine Bürste für Franklins goldfarbenes Fell, einen weiteren Futternapf aus Edelstahl und ein paar Kauknochen sowie eine Packung Hundekekse. Vielleicht war es aber auch ein Trostkauf, um mich für die bevorstehende Zeremonie zu wappnen, wer weiß? Mit nagendem Gewissen angesichts dieser unerwarteten Ausgaben lud ich die neuen Besitztümer in mein Auto und machte mich auf den Weg zur Kirche.

Es war schwierig, einen Parkplatz zu finden, denn erwartungsgemäß waren alle Leute gekommen, die es möglich machen konnten. Es waren keineswegs nur Mitglieder der betroffenen Kirchengemeinde anwesend, auch viele Fremde und Neugierige aus dem Ort und der Umgebung waren gekommen, ebenso Vertreter der Kirche und Freunde und Verwandte des verstorbenen Pfarrers. Alex oder ihre Familie konnte ich nicht entdecken. In der Kirche fand ich einen Platz in der vorletzten Reihe und hatte mich kaum gesetzt, als der Gottesdienst begann. Nach einigen Minuten ließ sich jemand neben mir nieder und als ich aufblickte, erkannte ich Mister Wilson, der mir mit ernstem Gesicht zunickte.

Die Predigt des Bischofs war kurz und feierlich. Anschließend wurden Reden gehalten, die uns allen einen Überblick verschafften, auf welch vielfältige Weise Pfarrer Wagner tätig gewesen war, wie Hilfsbereitschaft und Einfühlungsvermögen seinen Lebensweg gekennzeichnet hatten. Es war sehr traurig. Ich sah Frau Wagner vorne mit bebenden Schultern sitzen, neben ihr ihre grimmige Schwester wie eine unerschütterliche Festung. Viele der Anwesenden weinten. Dann war der Gottesdienst vorüber und der Trauerzug zum Grab begann.

Der großzügig angelegte Friedhof befand sich gleich hinter unserer Kirche. Eine große Menge an Trauernden schlängelte sich über die Wege hinter dem Sarg her und als die Sargträger an der vorbereiteten Grube Halt machten, dauerte es eine ganze Weile, bis alle Leute nachgerückt waren und sich um das Grab versammelt hatten. Wilson war an meiner Seite geblieben und hatte sich in Schweigen gehüllt. Wir hatten ein Plätzchen schräg gegenüber von den Angehörigen des Pfarrers gefunden, zwei Reihen von Leuten standen vor uns. Der Bischof begann mit seiner Ansprache und ich sah hinüber zu Frau Wagner und ihrer Schwester, die mich immer wieder faszinierte. Bleich und gefasst stand sie da und hatte die Witwe untergehakt. Beinahe unmerklich gab sie ihr Halt und Stütze und ich hoffte, Frau Wagner würde nicht zusammenbrechen. Sie sah sehr schlecht aus, hatte ein verweintes Gesicht und tupfte sich in kurzen Abständen immer wieder die Tränen ab.

Mein Blick glitt über die Personen, die in ihrer unmittelbaren Nähe standen und die ich für die weitere Familie des Pfarrers hielt. Eine junge Frau ließ mich innehalten, um sie genauer zu betrachten. Sie kam mir bekannt vor, aber ich wusste nicht woher. Ich versuchte, mich wieder auf den Bischof zu konzentrieren, aber es wollte mir nicht mehr gelingen. Während er von der Auferstehung sprach, grübelte ich darüber nach, wo ich diese Frau schon einmal gesehen haben könnte. Ich hakte in Gedanken die verschiedenen Möglichkeiten ab. Kannte ich sie von früher? Nein. Von der Kirche? Auch nicht. Oder hatte ich beruflich mit ihr zu tun gehabt? Auch das musste ich verneinen. Schließlich gab ich es auf, da ich den Bezugsrahmen nicht finden konnte. Vermutlich kannte ich sie aus dem Supermarkt, aus Mützels Buchwelt oder vom Tierarztwartezimmer oder von wo auch immer. Wen ich aber unbedingt in erster Reihe erwartet hätte und nicht sah, war der Vikar. Verblüfft stellte ich fest, dass er auch in der Kirche schon nicht zu sehen gewesen war. Andererseits waren so viele Menschen auf der Beerdigung, dass es leicht möglich war, dass er doch irgendwo steckte. Vielleicht hielt er sich einfach bescheiden im Hintergrund.

Es fing an zu regnen, was besonders günstig war, da ich meinen Schirm im Auto gelassen hatte. Während der Bischof seine Ansprache beendete und die Familie begann, mit einer kleinen Schaufel Erde auf den hinabgelassenen Sarg zu häufeln, weichten die Trauergäste langsam durch und mit ihnen das uns umgebende Erdreich. Doch was machte das schon? Beerdigungen und Regen gehörten irgendwie zusammen.

Bei den abschließenden Beileidsbekundungen an Frau Wagner traf ich in der Schlange mit Frau Hultlein zusammen, die mit ihren hohen Absätzen ziemlich zu kämpfen hatte. Immer wieder sank sie in dem weichen Boden ein, aber sie trug es mit Fassung. Als ich Frau Wagners Hand schütteln wollte, umarmte sie mich und fragte, wie es Franklin gehe. Ich war ein klein wenig erstaunt darüber, dass sie in diesem Moment an den Hund dachte, aber dann fiel mir ein, dass er ja auch für sie ein lebendiges Erinnerungsstück an ihren Mann war, unvergleichlich mehr als für mich, und ich sagte ihr, dass es ihm glänzend gehe und dass sie ihn gerne sehen könne, wann immer sie wolle. Natürlich fragte ich sie nicht wegen der Tierarztrechnungen; das brachte ich einfach nicht über mich. Bevor ich mich abwandte, sah ich noch Dr. Frey, der sich von irgendwo weiter hinten nach vorne durcharbeitete. Offenbar galt Schlangestehen nicht für Chefärzte.

Beim Weitergehen kam ich an der jungen Frau vorbei, aber noch immer wollte mir nicht einfallen, woher ich sie kannte. Ich stapfte über die schlammigen Wege zurück zu meinem Auto. Unterwegs fing mich Mister Wilson ab.

»Na, ist Ihnen etwas aufgefallen?« Ich schaute ihn verwundert an.

»Was meinen Sie?«

»Nichts Bestimmtes, nur allgemein, ob Sie etwas Merkwürdiges oder Auffallendes bemerkt haben.« Ich schüttelte den Kopf, wobei mir ein paar Regentropfen in die Augen fielen.

»Das war eine bemerkenswerte Beerdigung«, fuhr er fort. »Ich hätte den Pfarrer gerne kennen gelernt. Er muss ein außergewöhnlicher Mann gewesen sein.« Er schaute verlegen auf seine Füße.

»Das war er«, bekräftigte ich. »Ich hoffe, Sie können diese Sache bald aufklären.«

Ich wollte meinen Weg fortsetzen, denn mir war kalt und ich musste nach Hause, den Spaziergang mit Franklin hinter mich bringen. Der Kommissar schien lieber stehen bleiben zu wollen. Er nickte nachdenklich und sagte aus tiefstem Herzen: »Das hoffe ich auch.« Er musterte mich, sagte aber nichts weiter und ich fragte mich, ob er mich für eine Verdächtige hielt. Vielleicht nutzte er deshalb so gern die Gelegenheiten, mit mir zu sprechen. Bei dem Wetter schienen seine Augen zu leuchten und ich wandte den Blick ab, weil ich fürchtete, rot zu werden. Die unbekannte und doch vertraute junge Frau ging an uns vorüber und ich nutzte die Ablenkung.

»Wissen Sie, wer diese Frau ist? Sie kommt mir bekannt vor, aber ich komme nicht darauf woher.« Er sah sich nach ihr um.

»Ich glaube, das ist eine Nichte des Pfarrers. Ich habe nicht mit ihr gesprochen, aber ich meine, Frau Wagner hätte mir ein Foto von ihr gezeigt.« Diese Auskunft half mir nicht viel. Ich glaubte nicht, jemals mit Verwandten des Pfarrers zusammengetroffen zu sein. Andererseits war ich ihr womöglich in einem Gottesdienst begegnet und aus irgendeinem Grund war ihr Gesicht in meinem Gedächtnis haften geblieben. Wilson machte noch immer keine Anstalten zu gehen, deshalb entschuldigte ich mich und verließ ihn. Ich hatte das Gefühl, dass er mir noch eine Weile nachsah.

Trotz des Regens hatte Franklin seine Form vom Morgen nicht verloren und er scheuchte mich annähernd zwei Stunden lang durch die nähere Umgebung. Die neue Leine war eine große Erleichterung, aber trotzdem ersparte sie mir nicht viel von der Lauferei. Ich sah mich bereits mit einer ungeheuren Gesundheit und Kondition ausgestattet, vor Frische strotzend, dank der ausgiebigen Bewegung im Freien. Bis es allerdings soweit war, musste ich müde einen Fuß vor den nächsten setzen, den Regen versuchen zu ignorieren und damit vorlieb nehmen, dass dieses neue Fitnessprogramm zunächst lediglich für einen erweiterten Schlafbedarf und gesteigerten Appetit sorgte. Ich war noch immer bedrückt und in einer wehmütigen Verfassung, während wir uns durch die Felder schlugen. Als wir endlich zu Hause waren, war ich so erschöpft, dass ich mich ins Bett fallen ließ, sobald ich Franklin notdürftig gesäubert und mit frischem Wasser versorgt hatte.

6

Das Telefon riss mich aus süßem Schlaf. Ich warf einen Blick auf den Wecker, der sich neben meinem Bett auf dem Nachttisch befand, und war ziemlich verwirrt darüber, dass es nicht morgens, sondern abends war. Ich stolperte die Treppe hinunter und dachte wieder einmal, wie schön es doch wäre, mehrere Apparate zu haben, die ich im ganzen Haus verteilen könnte. Ich nahm ab.

»Hallo, hier ist Markus Liebig!« Keine Ahnung, wer das war. Vielleicht hatte er sich verwählt?

»Erinnern Sie sich an mich? Ich bin der Typ aus dem Buchladen. Sie haben mir gestern Ihre Nummer gegeben.« Langsam dämmert es mir. Ich ließ mich auf den Boden sinken.

»Ja, doch, ich erinnere mich wieder.« Mehr fiel mir nicht ein und für einen Moment herrschte Schweigen in der Leitung.

»Wie geht es Ihnen?« Gute Frage, dachte ich, wie ging es mir?

»Es geht mir gut, vielen Dank.« Was sollte ich ihm von der Beerdigung, dem endlosen Marsch durch den Regen und meinem erschöpften Zustand erzählen? Er würde sich vermutlich nur fragen, auf welch sonderbare Frau er da getroffen war.

»Ich wollte doch gern mal mit Ihnen ausgehen. Also, vielleicht ... ich dachte, vielleicht hätten Sie heute Abend Zeit ...?« Er klang zögernd und ich fragte mich schon, ob er gegen besseres Wissen angerufen hatte. Wie auch immer, ich konnte seine Einladung nicht annehmen.

»Tut mir Leid, aber heute geht es wirklich nicht.«

»Wie wäre es morgen?« Er hatte seinen munteren Ton wiedergefunden.

»Nein, da habe ich schon etwas vor.«

»Und am Freitag?« Ich überlegte. Mir fiel nicht ein, welche Pläne ich für Freitag hatte. Ich wusste nur, dass da etwas war, also sagte ich wieder nein. Bei Samstag fiel mir allerdings keine Ausrede ein, weil ich da tatsächlich noch nichts vorhatte. Mit gemischten Gefühlen notierte ich mir Samstagabend und legte auf.

Obwohl es Abend war, ging ich in die Küche und machte mir einen starken Kaffee. Mein Kopf fühlte sich an wie ausgehöhlt und mit Wackelpudding gefüllt. Das Koffein klarte meinen Zustand deutlich auf, aber mir war auch bewusst, dass ich höchstwahrscheinlich Einschlafprobleme bekommen würde. Eine Konsultation des Kühlschranks und der Vorratskammer ergaben als Rezeptvorschlag Spaghetti mit einer Fertigsoße. Ich bereitete alles zu, zwang mich, noch einen Tomatensalat zu machen, und ließ mich schließlich seufzend mit einem vollgeladenen Teller vor dem Fernseher nieder. Ich wollte diesen Abend an nichts mehr denken müssen, sondern einfach nur abschalten. Doch es sollte nicht sein. Zuerst rief Alex an, um die Beerdigung mit mir durchzusprechen – sie war also doch dort gewesen – und mir zu sagen, dass ich zu der Geburtstagsfeier ihres Vaters eingeladen sei. Dabei fiel mir ein, dass dies genau der Anlass war, den ich unbewusst für Freitagabend gebucht hatte. Ich trug es widerwillig in den Terminkalender ein. Minuten später klingelte das Telefon erneut. Diesmal war es unser Hauskreisleiter, der mir mitteilte, dass das Treffen am nächsten Tag nicht bei ihm zu Hause, sondern bei Sabine Kretschmair, einem anderen Mitglied unserer Gruppe, stattfinden würde.

Schließlich fand der Abend seine Krönung in einem Anruf meiner Mutter, die sich besorgt nach meinem Befinden erkundigte und mir leichte Vorwürfe machte, dass ich mich so selten meldete. Im Hintergrund hörte ich meinen Vater Kommentare abgeben. Wir kamen auf die üblichen Themen zu sprechen, ob ich genug verdiente, mich richtig ernährte, genug an der frischen Luft sei und vor allem, ob ich endlich eine Gemeinde gefunden hätte. In diesem Punkt konnte ich meine Eltern beruhigen. Seit ein paar Monaten besuchte ich regelmäßig die Gottesdienste einer kleinen Gemeinde im Nachbarort und einen Hauskreis in meiner eigenen Stadt. Es hatte eine Weile gedauert, bis ich unter mehreren Möglichkeiten ausgewählt hatte. Zudem hatte ich direkt nach dem Umzug viel um die Ohren gehabt, aber meine Eltern hatten mich unaufhörlich gedrängt, mir endlich eine »geistige Heimat« zu suchen, wie sie es gern nannten. Natürlich hatten sie Recht: Es tat mir gut, wieder

Gottesdienste zu besuchen, aber es ging mir trotzdem auf die Nerven, ständig daran erinnert zu werden. Als das Gespräch beendet war, entschuldigte ich mich bei Gott dafür, dass ich von meinen Eltern genervt war und gelobte Besserung. Ich ließ Franklin hinaus und da es eine sternklare Nacht war, drehte ich selbst eine Runde im frischgewaschenen Garten. Es war eisig, sicher würde es den ersten Frost geben. Aber es war auch erstaunlich, dass es nach einem grauen und verregneten Tag nun so wolkenlos war.

Am Donnerstagmorgen wurde ich von Franklins Gebell unten an der Haustür geweckt. Ein gequälter Blick aus dem Fenster offenbarte mir, dass ich verschlafen hatte. Es war bereits hell und die Sonne schien. Ich fragte mich, ob mein ungeregelter Lebensrhythmus Franklin etwas anhaben konnte, aber immerhin konnte er mich ja wecken, wenn er raus musste. Es klingelte. Ich warf mir einen Pulli über und rannte barfuß nach unten. Frau Gerberich stand mit hochrotem Kopf an der Gartenpforte und schnappte nach Luft. Franklin schoss auf sie zu und sprang am Zaun hin und her. Er war ganz aufgeregt. Hörte ich da leise Töne der Missbilligung in seinem Gebell?

»Fräuleinchen«, brüllte meine Nachbarin, »so geht das aber nicht! Sorgen Sie dafür, dass der Köter ruhig ist, sonst werde ich die Polizei benachrichtigen.« Mit äußerster Willensanstrengung beherrschte ich mich so weit, dass ich nichts erwiderte, und rief Franklin zu mir, der netterweise gleich hergesprungen kam. Frau Gerberich fuchtelte mit ihrer Hand in seine Richtung und stieß unartikulierte Laute aus. Ich wollte gerade die Tür wieder schließen, als mein Blick auf den Fliederbusch in der Ecke fiel. Er war am Zaun positioniert, was bedeutete, dass er an das nachbarliche Grundstück grenzte und ein ständiger Dorn im Auge der dortigen Bewohner war. Ganz offensichtlich hatte Frau Gerberich sich mit einer Heckenschere dort zu schaffen gemacht. Ein großes Loch klaffte mitten in dem prachtvollen Gewächs. Ich schmetterte die Haustür zu, ehe ich etwas sagen konnte, das ich später bereuen würde. Franklin bekam dafür ein dickes Lob und einen Hundekeks, weil er so aufmerksam gewesen war.

Ich hatte keine Aufträge mehr und daher einen freien Tag vor mir. Ich nahm mir mehr Zeit für meine Andacht, als in den letzten Tagen. Ich redete eine ganze Weile mit Gott über diese Mordgeschichte und über meine Probleme, wobei die finanzielle Seite leicht dominierte. Dann las ich ein Kapitel im Römerbrief, den ich besonders liebte. Ich weiß nicht warum, aber der Vers »Ist's möglich, soviel an euch liegt, so habt mit allen Menschen Frieden« setzte sich in meinem Gehirn fest. Es wollte mir niemand einfallen, mit dem ich nicht in Frieden leben würde. Nun gut, mit meinen Eltern gab es gelegentlich Meinungsverschiedenheiten, aber nur im normalen Rahmen und wir legten sie auch stets baldmöglichst bei. In der Gemeinde gab es niemanden, mit dem ich mich überworfen hätte, auch sonst keinen. Frau Gerberich – hm, gut, sie war etwas problematisch. Aber ich hatte ihr nichts getan, sie war es, die mich nicht leiden konnte. Und ich war doch wirklich immer bemüht, keinen Streit mit ihr zu bekommen! Ich schob diese Gedanken schließlich beiseite und beendete das Gebet mit einigen Fürbitten und einem Amen.

Anschließend frühstückte ich genüsslich eine Stunde lang und schmökerte dabei in der Zeitung. Der Mord wurde nur kurz im Lokalteil erwähnt. Es gab immer noch keine Hinweise auf ein Motiv oder einen Täter, obwohl inzwischen sämtliche Personen befragt worden waren, die in Verbindung zu dem Pfarrer gestanden hatten. Das war wahrlich eine traurige und obendrein aussichtslose Angelegenheit! Den Rest des Vormittags verbrachte ich mit Franklin draußen. Das Wetter war kalt, aber sonnig und wir genossen es beide sehr. Ich fühlte mich wieder topfit und gratulierte mir vor allem zu der Anschaffung der neuen Hundeleine. Ich überlegte eine Weile, ob ich es nicht riskieren konnte, Franklin frei laufen zu lassen. Probeweise rief ich ihn, als er ein paar Meter entfernt war. Er sah mich auch an, schien aber nicht überzeugt von der Notwendigkeit, ausgerechnet in diesem Moment bei Fuß zu gehen, sondern setzte seine Fährtensuche auf dem abgemähten Feld fort.

Nun, dann musste das eben noch warten. Ich sollte mich unbedingt um eine Hundeschule kümmern, um das in den Griff zu bekommen.

Zu Hause schrieb ich die Rechnungen für die zwei Aufträge, die ich diese Woche ausgeführt hatte. Viel würden sie nicht einbringen, aber wenigstens ein bisschen was. Vielleicht würde es für die Tierarztrechnung reichen und die Kosten für das Hundezubehör decken. Meine verzweifelte finanzielle Lage brachte mich dazu, kurz entschlossen meinen Lektor anzurufen und ihn zu fragen, ob sie an einem weiteren Manuskript Interesse hätten. Er hielt mir einen längeren Vortrag über die Verkaufszahlen meines anderen Buches, sagte aber schließlich mit knirschenden Zähnen ja, wenn ich es noch in diesem Jahr zur Begutachtung vorlegen könne. Das brachte mich wiederum in leichte Bedrängnis, denn mir geisterte zwar eine Idee im Kopf herum, aber ich hatte noch keinen genauen Plan, geschweige denn schon ein Wort davon in den Computer eingetippt. Also machte ich mich gleich an die Arbeit und werkelte hochmotiviert ungefähr zwei Stunden vor mich hin, als es klingelte. An sich bin ich ein kontaktfreudiger Mensch und finde es schön, wenn jemand anruft oder mich besucht, aber in den letzten Tagen hatte sich das zu sehr gehäuft. In mir machte sich ein Gefühl breit, als würde ich nichts anderes mehr tun als den Telefonhörer abzunehmen oder die Tür zu öffnen, deshalb ging ich etwas gereizt nach unten, um nachzusehen, wer es wagte, mich zu belästigen.

»Hallo! Störe ich?« Wilson grinste mich an und streckte mir ein Paket entgegen. Ich brummte ein »Nein« und ließ ihn eintreten. »Ich würde mich gern für all die Muffins revanchieren, die ich Ihnen weggegessen habe.« »Muffins« betonte er besonders, damit ich merken konnte, dass er sich das Wort diesmal gemerkt hatte. In dem Paket befand sich Kuchen, der ausgesprochen lecker aussah. Ich bat ihn in die Küche und forderte ihn auf, am Tisch Platz zu nehmen. Er setzte sich auch, aber als er sah, dass ich Kaffee machen wollte, sprang er wieder auf.

»Lassen Sie mich das doch machen! Ich mache Ihnen jedes Mal

so viele Umstände.« Widerwillig ließ ich ihn die Regie übernehmen und wollte lieber nicht wissen, wie der Kaffee schmecken würde. Ich kenne nicht viele Leute, die guten Kaffee machen können, und unter diesen sind vielleicht zwei Prozent Männer. Während er mit Wasser und Filter hantierte, deckte ich den Tisch. Franklin tänzelte um uns herum und war offenbar begeistert über den Besuch. Ich gewöhnte mich immer mehr an den lieben Vierbeiner. Es würde ganz schön hart werden, mich wieder von ihm zu trennen. Gerade wollte ich zu einem gedankenverlorenen Seufzer ansetzen, als mich mein Gast unterbrach.

»Wir haben die Mordwaffe gefunden!« Verdutzt sah ich auf.

»Tatsächlich? Wo?« Er setzte sich mir gegenüber.

»In einem Gewölbe unter der Kirche. Wir haben heute Morgen noch mal alles gründlich durchsucht und dabei sind wir auf diesen Raum gestoßen. Der Eingang war so gut verborgen, dass wir ihn beim ersten Mal nicht gefunden haben.«

Erneut fragte ich mich, weshalb er mir das alles erzählte. Hatte er irgendeinen Nutzen davon, wenn er mich die neusten Entwicklungen wissen ließ? Hatte ihm jemand erzählt, ich sei Journalistin? Ich wusste, dass dieses Gerücht im letzten Jahr kurze Zeit kursiert war, als ich angefangen hatte, für das Gemeindebüro zu arbeiten. Zu fragen traute ich mich allerdings nicht recht, denn wer weiß – am Ende war ich die Hauptverdächtige und er versuchte die ganze Zeit nur, mich in eine Falle zu locken.

»Es war einer dieser massiven Kerzenständer, wie wir schon vermutet hatten. Er wird noch auf Spuren und Fingerabdrücke untersucht.« Der Kaffee war durchgelaufen und Wilson beeilte sich, ihn an den Tisch zu holen und mir einzuschenken. Er war heute voller Elan. Offensichtlich baute ihn dieser Erfolg ganz schön auf.

»Das ist ja prima«, sagte ich, weil ich nicht wusste, was ich sonst antworten sollte.

»Wir haben jetzt auch eine Spur«, fuhr er fort, ohne auf mich zu achten. »Herr Wagner hat kurz vor seinem Tod mit einem Mann von der Kirchenverwaltung telefoniert. Dabei ging es um die Verwendung von Spendengeldern. Möglicherweise handelt es sich also doch um eine Geldangelegenheit.« Zufrieden trank er einen Schluck und näherte seine Hand dem Kuchen. Dann besann er sich jedoch auf seine guten Manieren und bot mir zuerst an, ein Stück auszusuchen. Ich entschied mich für eine verlockende Schokoladentorte, er nahm den Bienenstich. Zögernd setzte ich die Tasse an meine Lippen. Vorsichtshalber hatte ich nicht mit Milch gespart. Dann war ich überrascht, denn der Kaffee schmeckte richtig gut.

»Wir haben uns eine Liste mit allen wichtigen Spendern der Kirche geben lassen«, ergänzte Wilson. Dann konnte ich eigentlich nicht zu den Hauptverdächtigen gehören, denn meine Spenden waren so unspektakulär wie mein Einkommen und flossen ohnehin hauptsächlich in andere Objekte. Mein Gegenüber verstummte für eine Weile und widmete sich in bereits bekannter Weise seinem Kuchen. Was er tat, tat er mit ganzer Konzentration. Ich schmunzelte ein bisschen, aber im falschen Moment, denn er schaute von seinem Teller hoch und ertappte mich dabei. Er grinste verlegen zurück.

»Tja, Sie fragen sich sicher, weshalb ich Ihnen das alles erzähle.« Er nahm den Löffel und begann in der Tasse zu rühren, ohne Zucker hineingetan zu haben. Ich nickte.

»Das habe ich mich selbst auch schon gefragt.« Er fixierte die kreisenden Bewegungen, die seine Hand vollbrachte. »Um ehrlich zu sein, ich weiß es nicht genau. Es ist sonst nicht meine Angewohnheit, einen Fall in der Öffentlichkeit zu diskutieren, schon gar nicht mit Personen, die damit zu tun haben.« Eine Umschreibung von Verdächtigen. »Ich plane das auch nicht, es passiert einfach. Wenn ich mit Ihnen zusammen bin, habe ich das Gefühl, darüber sprechen zu müssen.« Pause.

»Ich hoffe, ich belaste Sie nicht damit!«

»Nein, wirklich nicht.« Ich hätte nur nichts dagegen gehabt, wenn er öfter das Telefon benutzt hätte, anstatt vor meiner Tür zu stehen. Das sagte ich aber nicht, sondern warf nur einen Blick auf seine Tasse, weil ich befürchtete, dass er gleich ein Loch hineinrührte. Er bemerkte es und hörte auf.

Die Torte hatte vorzüglich geschmeckt und wir hatten beide unsere zweite Tasse Kaffee ausgetrunken. Wilson erhob sich und zog seine Jacke an. »Vielen Dank«, sagte er und lächelte mich warm an. »Es war nett, mit Ihnen zu plaudern.« Wir hatten gar nicht soviel geredet. Nach seiner Erklärung hatte er mich lediglich noch gefragt, was ich arbeitete, und ich hatte ihm ein bisschen darüber erzählt, womit ich mir die Zeit vertreibe. Er war ein aufmerksamer Zuhörer, aber ich wollte ihm nicht gleich meine ganze Lebensgeschichte anvertrauen, deshalb nutzte ich das Stichwort und bedeutete ihm nach einer knappen Stunde, dass ich noch zu tun hätte. Er stand schon auf dem schmalen Gartenweg, der zur Straße führte, als er sich noch einmal zu mir umdrehte. Er fing an, seine Jackentaschen unbewusst nach einer Zigarettenpackung abzutasten, aber dann fiel ihm ein, dass er keine dabei hatte, und er steckte die Hände in die Taschen.

»Ich habe mich gefragt, ob Sie nicht Lust hätten, heute Abend mit mir essen zu gehen.« Er atmete tief durch und sah mich gespannt an. Ich war völlig perplex. Damit hatte ich nicht gerechnet! Langsam wälzte ich im Kopf meinen Terminkalender, bis mir einfiel, dass heute Abend Hauskreis war.

»Nein, tut mir Leid.« Er schaute ein bisschen enttäuscht drein und zuckte leicht mit den Schultern.

»Na ja, war nur eine Frage.« Er wollte schon fast gehen und niemand zwang mich weiterzusprechen, aber mein Mund plapperte automatisch weiter, ich hatte keinen Einfluss auf ihn.

»Ich gehe zu einem Hauskreis. Wenn Sie mögen, können Sie ja mitkommen.« Ich ächzte innerlich und hätte mich am liebsten unter der Fußmatte verkrochen. Ich rechnete mit einer entschiedenen Ablehnung.

Stattdessen hörte ich ihn sagen: »Ja gerne, wann kann ich Sie abholen?« Ich presste mühsam die Uhrzeit heraus, verabschiedete mich und schloss die Tür. Drinnen vergrub ich mein Gesicht in Franklins Fell und hoffte darauf, dass es sich, geborgen an diesem Zufluchtsort, möglichst bald wieder normal anfühlen würde.

Pünktlich um Viertel nach sieben klingelte er. Ich war schon seit mindestens zwanzig Minuten fertig und lief nervös im Haus umher. Das Feuer brannte ausnahmsweise nicht, Moira lag auf meinem Bett und wollte nicht gestreichelt werden und Franklin war schon im Garten gewesen. Also hatte ich nichts mehr zu tun, was meine Unruhe nur noch steigerte. Meine Haare waren sorgfältig gekämmt und zu einem ordentlichen Zopf geflochten und außerdem hatte ich eine frische Jeans und einen meiner besseren Pullis angezogen. Nachdem ich Bibel und Schreibzeug am Eingang bereitgelegt hatte, fragte ich mich allerdings, wieso ich mir solche Mühe gab und so nervös war. Es war doch nur Wilson, mit dem ich zum Hauskreis ging, und wenn es ihm dort nicht gefallen sollte, dann war das schließlich nicht mein Problem. Er wollte ja unbedingt mit. Ich war erleichtert, als er mich endlich aus dieser Warteschleife befreite. Er machte mir die Autotür auf und lächelte etwas unbestimmt. Offenbar gab es keine neuen Entwicklungen im Fall Wagner, denn er schwieg sich einige Minuten lang aus. Dann überrumpelte er mich etwas, als er fragte: »Was ist ein Hauskreis?« Den Rest der Fahrt versuchte ich stotternd und stockend ihm zu erklären, was ihn erwartete.

Sabine starrte meinen Begleiter mit großen Augen an, als sie uns hereinließ.

»Hallo Penelope. Du hast jemanden mitgebracht«, stellte sie überflüssigerweise fest. Sie streckte Wilson die Hand hin und er schüttelte sie kräftig. Ich drückte mich an ihr vorbei und ließ die beiden sich einander selbst vorstellen. Im Wohnzimmer saßen schon Wolfgang Bergmann, unser Leiter, und seine Frau Heidi. Wir begrüßten einander und ich ließ mich auf dem kleinen Sofa in der Ecke nieder, das von einem riesigen Palmwedel überschattet wurde. Ich verstand nicht, wie Sabine ihre Pflanzen in einer Etagenwohnung zu solchem Wuchs animieren konnte. Für mich war das ein sicheres Anzeichen für einen grünen Daumen. Wilson kam herein und setzte sich neben mich, nachdem er auch den beiden anderen die Hände geschüttelt hatte. Später würde ich ihn der ganzen Gruppe vorstellen müssen, deshalb schwieg ich jetzt und harrte der Dinge, die da kommen sollten. Es klingelte und bald darauf erschienen Barbara und Klaus Vogt, ein junges Ehepaar, das bald Nachwuchs erwartete. Barbaras Bauch schien seit dem letzten Treffen an Umfang zugelegt zu haben. Sie fingen eine Unterhaltung über Schwangerschaftsfragen mit den Bergmanns an, die selbst drei halbwüchsige Sprösslinge hatten. Wilson saß still neben mir und besah sich das Zimmer. Ich fragte mich, ob er das schon automatisch tat, sobald er an einen Ort kam, berufsbedingt sozusagen. Jetzt fehlte nur noch Giuseppe Gattoni, ein freundlicher Italiener in den Dreißigern, der erst kurz vor mir zum Hauskreis dazugekommen war. Er hatte noch ein kleines Problem mit der Pünktlichkeit, bemühte sich aber sehr, es abzulegen. Sabine kam mit einem Tablett voller Tassen und zwei Teekannen herein.

Wir nahmen uns heißen Tee und taten einen ersten Griff in die Keksdose, ehe Wolfgang offiziell den Hauskreis für eröffnet erklärte. Er sprach gerade die Begrüßungsworte, als es klingelte. Sabine eilte hinaus, Wolfgang verstummte und wir lauschten gebannt den Geräuschen, die verrieten, dass Giuseppe die Treppe heraufgestürmt kam und sich wortreich entschuldigte. Endlich saßen alle Mitglieder im Kreis und Wolfgang unternahm einen zweiten Anlauf. Er bemerkte, dass wir heute einen Gast hätten und forderte mich auf, ihn vorzustellen. Ich räusperte mich so unauffällig wie möglich, denn ich fühlte mich merkwürdig peinlich berührt.

»Das ist Peter Wilson. Er ist bei der Polizei und möchte sich mal anschauen, was wir hier so machen.« Schrecklich! Das war einfach entsetzlich, was ich da von mir gegeben hatte. Das arme Opfer dieser Ansprache grinste in die Runde und sagte »Hallo«, was allgemeine Erwiderung fand. Klaus zog die Augenbrauen hoch.

»Polizei? Das ist ja interessant!«

»Kriminalpolizei, um genau zu sein«, korrigierte Wilson immer noch lächelnd. Sabine stand die Frage, woher wir uns kannten, deutlich aufs Gesicht geschrieben. Sie behielt sie aber für sich. Wolfgang nickte und nahm den Gesprächsfaden wieder auf.

»Wir freuen uns, dass Sie da sind, Herr Wilson. Sie können gerne an der Diskussion teilnehmen, wenn Sie etwas sagen möchten.« Beiderseitiges, einvernehmliches Nicken. »Unser Thema heute heißt ›Gewohnheiten‹. Wir werden über gute und schlechte Gewohnheiten sprechen, wie man sie sich aneignet beziehungsweise loswird, wie sie uns beeinflussen, wozu sie gut sind und vielleicht noch ein paar andere Dinge, wenn wir noch Zeit haben.« Er teilte jedem ein Arbeitsblatt mit mehreren Fragen aus.

Die nächsten zehn Minuten verbrachte jeder still in tiefem Nachdenken. Wir sollten überlegen, welche positiven und welche negativen Gewohnheiten wir hätten, welche wir gerne dazugewinnen wollten und welche ablegen. Mir fiel nicht viel ein; ich hatte entweder eine Denkblockade oder wusste wirklich nicht, welche Gewohnheiten mein Leben bestimmten. Bei manchen konnte ich auch nicht eindeutig bestimmen, ob es gute Gewohnheiten waren oder schlechte. Zum Beispiel, dass ich morgens ausgiebig frühstückte und Zeitung las oder dass ich dauernd Bücher kaufte. Immerhin machte ich einigermaßen regelmäßig meine Andacht – wenigstens in der letzten Zeit wieder. Andererseits ist es keine gute Gewohnheit, dass ich ständig vergesse, den Kamin auszumachen. Und meine Nachbarn kaum grüße. Ich versuchte, zu Wilson hinüberzuschielen, konnte aber nicht lesen, was er schrieb. Er machte einen konzentrierten Eindruck. Ich hatte schon Sorge gehabt, dass er sich auf die Zehen getreten fühlen könnte, da er gerade mit dem Rauchen aufhören wollte. Er schien sich jedoch keine Gedanken darüber zu machen. Endlich waren die zehn Minuten um und wir konnten aufhören, in uns zu gehen. Wolfgang nannte den Bibeltext, den wir lesen sollten.

Die Diskussion begann recht erfreulich. Wir redeten über dieses und jenes, folgten Wolfgangs Hinweisen und ich hatte durchaus den Eindruck, einige nützliche Dinge für mein Leben mitzubekommen. Wilson erwähnte sogar, dass er dabei war, mit dem Rauchen aufzuhören, und die anderen sprachen ihm ihren Beifall und Ermutigungen zu. Klaus erzählte daraufhin, wie er vor acht Jahren auch mit dem Rauchen Schluss gemacht hatte und wie schwer es ihm gefallen war. Dann hatten er und ein Freund, der es auch aufgeben wollte, jedoch angefangen, jeden Tag miteinander deshalb zu beten, und von da an war es viel leichter für ihn gewesen. Wilson nickte nachdenklich. Heidi, die Frau unseres Leiters und mehrfache Mutter, berichtete, dass sie es sich in ihrer Jugend angewöhnt hatte, schlecht über ihre Eltern zu reden, weil alle ihre Freunde das so machten. Das ging so weit, bis sie selbst davon überzeugt war, dass ihre Eltern sie einfach nicht verstehen konnten und sie es deshalb aufgab, mit ihnen über wichtige Dinge zu sprechen. Einige Zeit nachdem sie gläubig geworden und in eine Gemeinde gegangen war, hatte Gott ihr jedoch gezeigt, dass die kaputte Beziehung zu ihren Eltern zum großen Teil ihre eigene Schuld war. Sie war damals Mitte zwanzig und gerade in Wolfgang verliebt. Sie nahm sich vor, Wolfgang gegenüber nur gut von ihrer Mutter und ihrem Vater zu reden, und nach einigen Wochen konnte sie feststellen, wie sich das Verhältnis zu ihren Eltern besserte und vertrauter wurde. Sie telefonierten öfter miteinander, und als sie ihnen Wolfgang schließlich vorstellte, begegneten sie ihr und ihm sehr offen und herzlich. Ab diesem Zeitpunkt trafen sie sich häufig und verstanden sich wunderbar und natürlich waren die Eltern überglücklich und unentbehrlich, als sie Oma und Opa wurden.

Als Giuseppe anfing, von seinen früheren Gewohnheiten zu erzählen, wurde mir etwas unbehaglich zumute. Ich hatte einen merkwürdigen Seitenblick von Sabine aufgefangen, den ich nicht zu deuten wusste. Giuseppe sprach recht langatmig, aber in seiner fröhlichen Art, so dass wir ihm gern zuhörten. Er war kaum fertig, als Sabine ihren Protest einlegte. Sie sagte, dass wir immer nur über das redeten, was früher gewesen war, aber niemand über seine jetzigen Unarten sprechen wollte. Wolfgang erklärte ihr, dass beides seinen Platz hätte, deshalb hätten wir auch die Blätter ausgefüllt. Es sei ermutigend, zunächst zu hören, wie der Herr in uns schon gewirkt hatte. Davon ausgehend wollten wir dann weitergehen zur Gegenwart und den aktuellen Dingen.

»Was mich schon lange stört«, fuhr Sabine unbeirrt fort, als ob sie Wolfgang gar nicht gehört hätte, »ist diese Eigenart der Christen, vordergründig so zu tun, als wäre alles in Ordnung, aber im Innern fühlen sie sich ganz anders. Warum muss ich denn immer so tun, als ob ich jemanden mag, wenn ich ihn gar nicht leiden kann? Heißt es denn nicht in der Bibel, wenn einer was gegen den anderen hat, soll er hingehen und es ihm sagen?« Ich sah, dass unser Leiter und seine Frau einen besorgten Blick wechselten. Klaus nickte, Barbara studierte das Bücherregal und Giuseppe kaute an seinen Fingernägeln. Nur Wilson betrachtete Sabine aufmerksam, als sie jetzt auf ihrem Stuhl nach vorne rückte und langsam in Rage geriet.

»Wenn ich genau weiß, dass jemand sich falsch verhält, warum muss ich es mir dann zur Gewohnheit machen, das hinzunehmen?« Ihre Stimme wurde etwas schriller. Während sie den nächsten Satz sprach, fixierte sie mich eindringlich.

»Sollten wir es uns nicht besser zur Gewohnheit machen, einander offen und ehrlich zu sagen, was uns stört? Dann hat doch der andere viel eher die Möglichkeit, sich zu bessern!«

Ich wurde rot, ich fühlte, wie die Hitze in meinen Wangen pochte. Was meinte sie nur? Hatte ich ihr aus Versehen etwas getan? Ich konnte nicht anders, als das eben Gehörte sehr persönlich zu nehmen. Es war klar, dass Sabine irgendeinen Groll gegen mich hegte, aber mir fiel nichts ein, womit ich ihn hervorgerufen haben könnte. Der Vers aus meiner Morgenandacht tauchte kurz zwischen den wirren Bildern in meinem Kopf auf. Wolfgang und Heidi versuchten ihr zu erklären, dass es manchmal schon gut sein könnte, mit jemandem offen zu reden. Aber Christus wollte auch, dass wir einander vergeben und dass unsere Motivation immer die sein müsse, das Verhältnis zueinander in Liebe zu behandeln und den anderen zu respektieren. Ich hörte nicht mehr weiter zu, sondern ging zum Badezimmer. Dort stand ich vor dem Spiegel und versuchte mir zuzureden, die Sache locker zu sehen. Vielleicht meinte sie nicht mich, sondern hatte nur zufällig zu mir geschaut. Es gelang mir nicht, mich zu überzeugen. Nach einigen Minuten ging ich wieder zurück. An den verlegenen Blicken der anderen merkte ich, dass ihnen ebenfalls bewusst war, dass dieser Ausbruch vor allem meinetwegen stattgefunden hatte. Ich ließ mich wieder auf meinen Platz fallen und Wilson warf mir einen forschenden Blick zu. Sabine ignorierte mich. In die peinliche Stille hinein sagte Wolfgang, wir wollten noch miteinander beten. Es war eigentlich noch viel zu früh, er war ganz sicher noch nicht mit seinem Thema fertig, aber wahrscheinlich schien es ihm das Beste, in dieser Atmosphäre die Aufmerksamkeit so weit wie möglich auf einen Höheren als uns zu lenken. Unter diesen Umständen fielen die Gebete jedoch ziemlich knapp und bedrückt aus und als das letzte »Amen« gesprochen war, neigte sich mein Nachbar herüber und fragte, ob es mir etwas ausmache, wenn wir gehen würden. Ich schüttelte den Kopf und erhob mich. Im Stillen dankte ich ihm für seine Feinfühligkeit und den Vorwand zu gehen, den er mir dadurch lieferte. Wir verabschiedeten uns von den anderen, die unentschlossen sitzen geblieben waren, und gingen. Wolfgang drückte Wilson warm die Hand und sagte, es würde ihn freuen, ihn wiederzusehen.

Verständlicherweise war ich auf der Heimfahrt nicht gerade gesprächig und Wilson nervte mich auch nicht mit Fragen. Er fand den Weg zu meinem Haus alleine, so dass ich in meine trüben Gedanken versunken bleiben konnte. Ich zerbrach mir den Kopf über die Szene vorhin und zu allem Überfluss kam mir auch noch die Erinnerung an den Mord an Pfarrer Wagner dazwischen. Wieso das zusammenkam, konnte ich mir genauso wenig erklären wie Sabines Verhalten. Wir waren noch nicht einmal besonders gut miteinander bekannt, trafen einander lediglich im Hauskreis und in den Gottesdiensten, also was sollte das Ganze? Vor meinem Haus stellte mein Begleiter den Motor ab. Komisch, ich dachte schon kaum noch an ihn als an einen Kriminalbeamten. Ich hatte das Gefühl, etwas sagen zu müssen.

»Herr Wilson, es tut mir wirklich Leid, dass der Abend so ... seltsam verlaufen ist.« Er schaute geradeaus auf die Straße.

»Nennen Sie mich doch Peter!«, antwortete er nach einer kleinen Pause. Dann fügte er ein »Bitte« hinzu. Ich zuckte mit den

Schultern. Nach diesem Hauskreis hatte ich keinen Sinn für lange Überlegungen wieso und weshalb.

»Gut, ich heiße Penelope«, sagte ich deshalb nur.

»Sie brauchen sich nicht zu entschuldigen«, fuhr er dann fort. »Es ist ja nichts Schlimmes passiert und Sie konnten nichts dafür. Außerdem hat mir der Hauskreis sehr gut gefallen.« Ich warf ihm einen zweifelnden Blick zu.

»Wirklich?«

»Ja«, bekräftigte er mit einem Nicken. Dann sah er mich an. »Vielen Dank für die Einladung!« Er lächelte und ich lächelte zurück. Ja, ich glaubte ihm irgendwie, dass es ihm gefallen hatte. Ich befreite mich vom Gurt und öffnete die Tür.

»Gute Nacht«, sagte ich beim Aussteigen.

»Gute Nacht«, hörte ich ihn hinter mir herrufen, dann warf ich die Tür zu und ging zum Haus.

7

Als ich am Freitagmorgen aufwachte, merkte ich gleich, dass ich keine Lust hatte aufzustehen. Aber es blieb mir nichts anderes übrig, als Franklins Bedürfnissen den Vorrang zu geben. Ich scheuchte ihn in den Garten, schaufelte missmutig Futter in die beiden Näpfe, während die dazugehörigen, erwartungsvollen Besitzer gierig jede meiner Bewegungen verfolgten. Dann begab ich mich zurück in mein Bett und zog mir die Decke über den Kopf. Ich fühlte mich deprimiert und lustlos und war entschlossen, das auch auszukosten. Eine Weile döste ich und träumte verworrenes Zeug, dann kam Moira und ließ sich schnurrend auf meinen Füßen nieder. Franklin bellte im Garten, aber ich wollte gar nicht wissen weshalb. Das Telefon klingelte und der Anrufbeantworter ging dran. Ausnahmsweise hatte ich mal nicht vergessen, ihn einzuschalten. Ich wälzte mich auf die andere Seite, unzufrieden brummend, weil ich nicht einmal im Bett meine Ruhe hatte. Jetzt fehlte nur noch ein Überraschungsbesucher.

Gegen halb elf quälte ich mich endlich aus den Federn, um einen Kaffee zu kochen und etwas zu Essen zu machen. Ich nahm alles, inklusive der Zeitung, mit nach oben und machte es mir zu einem Frühstück im Bett bequem. Franklin kam gutgelaunt hereingehechelt und verscheuchte damit Moira, die protestierend nach draußen huschte und die Treppe hinunterhüpfte. Mit einem lauten Plumpsen ließ er sich auf dem Teppich nieder. Die Zeitung interessierte mich heute nicht besonders und nachdem ich sie durchgeblättert und gesehen hatte, dass es keine weiteren Meldungen zu dem Mord gab, legte ich sie zur Seite und widmete mich den Beilagen. Diverse Prospekte der hiesigen Bekleidungshäuser erinnerten mich daran, dass es höchste Zeit war, mir für den Winter noch einiges anzuschaffen. Beispielsweise brauchte ich dringend eine warme Jacke und jetzt ganz besonders, wo ich einen Hund hatte, der bei jedem Wetter hinauswollte. Und wärmere Schuhe wären auch nicht schlecht, in meinen alten Stiefeln hatte ich letztes Jahr immerzu steifgefrorene Zehen gehabt.

Ich warf das ganze Papier auf den Boden, wo Franklin es ausgiebig beschnüffelte, und sah nach draußen, wo die Sonne von einem klaren, blauen Himmel in mein Zimmer schien. Sollte ich nun aufstehen oder nicht? Ich beschloss, mir ein heißes Bad zu gönnen. Als ich in der Wanne lag, begannen mir allerdings allerlei Gedanken im Kopf herumzugehen, zum Teil unerfreulicher Natur, weil sie mit dem vergangenen Abend zu tun hatten. Es war mir immer noch absolut unerklärlich, was mit Sabine los war. Meine Stimmung sank wieder, wo sie sich doch gerade gehoben hatte. Ein Jammer! Dann dachte ich daran, dass ich immer noch dieses Heft vom Hilfspfarrer im Wohnzimmer liegen hatte. Die Abschlusszeitung gab mir irgendwie zu denken, doch ich wusste nicht warum. Während ich mich abduschte und trocken rubbelte, grübelte ich immerzu darüber nach, was mir daran so hartnäckig auffallen wollte. Ich zog mich an – die ältesten und bequemsten Kleider, die ich unter den frischen Sachen finden konnte – und ging hinunter, um mir das Heft noch einmal vorzunehmen.

Natürlich konnte ich mich täuschen, aber als ich dieses Mal das Gruppenfoto des Abschlussjahrgangs betrachtete, kam mir eine junge Frau sehr, sehr bekannt vor. Und mir fiel auch gleich ein, wo ich sie schon mal gesehen hatte: auf der Beerdigung vor zwei Tagen. Es war dieselbe, die mir dort schon aufgefallen war, die ich jedoch nicht einordnen konnte. Was hatte Wilson gesagt? Verzeihung – Peter? Sie sei die Nichte des Pfarrers? Interessant! Dann gehörte dieses Heft womöglich gar nicht Weinzierl, sondern dieser Frau oder sogar dem verstorbenen Pfarrer selbst. Am besten wäre es wohl, ich würde sie fragen. Wilson – äh, Peter würde mir sicher ihre Telefonnummer geben können. Dann müsste ich Frau Wagner gar nicht erst damit belästigen. Ich schnappte mir Franklin zu einem ausgiebigen Spaziergang. Anschließend machte ich eine ultrakurze Andacht, steckte die Rechnungen von gestern in Umschläge und machte mich auf den Weg, um sie persönlich zu überbringen.

Im Gemeindebüro stand die Tür offen, aber Barbara war nicht zu sehen. Ein trockenes Hüsteln drang aus dem Zimmer, das den Vikar beherbergte.

»Hallo?«, rief er heraus. Ich ging hinein. Er saß vor einem Stapel Papiere und betrachtete mich ungnädig.

»Kann ich Ihnen helfen?« Ich wusste nicht recht, ob ich ihn mit meiner Angelegenheit betrauen sollte.

»Eigentlich wollte ich zu Frau Hemmerling.«

»Sie ist heute nicht da.« Er trommelte mit einem Kuli auf dem Schreibtisch herum. Offenbar kam ich ungelegen.

»Ich wollte ihr meine Rechnung bringen.«

»Rechnung?«, fragte er mit gerunzelter Stirn.

»Ich habe letzte Woche einen Auftrag für Pfarrer Wagner erledigt.« Ich sah, wie er zusammenzuckte. Er tat mir Leid. Er sackte in sich zusammen und wurde sichtlich blasser. Der Tod des Pfarrers musste ihn ziemlich getroffen haben.

»Legen Sie die Rechnung doch einfach draußen auf ihren Tisch, die Sekretärin findet sie dann schon. Am Montag ist sie wieder da.« Er legte den Stift weg und faltete die Hände. Nun lächelte er sogar ein bisschen, wenn es auch recht gequält aussah.

»Sind Sie Frau Plank?« Ich nickte.

»Ich habe schon von Ihnen gehört. Freut mich, Sie kennen zu lernen.« Ich erwartete, dass er aufstehen und mir die Hand reichen würde, er blieb jedoch sitzen.

»Freut mich ebenfalls«, sagte ich lahm.

»Gehören Sie zu unserer Kirche?«, fragte er weiter. Ich schüttelte den Kopf.

»Nein, ich besuche nur gelegentlich den Gottesdienst. Ich habe Freunde in ihrer Gemeinde, die Kellers.« Sein Gesicht erhellte sich.

»Ah, die Kellers! Dann werden wir uns womöglich heute Abend begegnen! Ich nehme doch an, dass Sie ebenfalls eingeladen sind.«

»Das bin ich.« So, ich hatte also an diesem Tag gleich zweimal die Ehre. Wie überaus erfreulich! Ich beeilte mich, das Büro zu verlassen, bevor er mich noch weiter ausquetschen konnte.

Vor dem Kreiskrankenhaus herrschte Parkplatzmangel. Ich musste mehrere Male hin- und herfahren, bis ich eine winzige Lücke fand, in die mein Auto gerade so hineinpasste. Dieses Mal brauchte ich keine Hilfe, sondern fand die Pathologie auf Anhieb. Das Zimmer von Frau Hultlein war verwaist. Offenbar war freitags der freie Tag der Sekretärinnen. Ich klopfte nebenan bei Dr. Frey, wenn ich insgeheim auch hoffte, er wäre nicht da. Leider wurde diese Hoffnung zerstört, als er ein kerniges »Herein« erschallen ließ. Er thronte in seinem schwarzen Ledersessel und hielt ein Diktiergerät in der Hand. Als er mich erkannte, verzog er seine Miene zu einem frostigen Lächeln.

»Frau Plank, was verschafft mir die Ehre? Sind Sie auf der Suche nach Arbeit?« Er lachte über seinen Scherz, während ich mir Mühe gab, ihn zu ignorieren.

»Ich möchte nur meine Rechnung bringen.«

»Nun, Sie sind ja ganz schön fix.« Er streckte den Arm aus und ich gab ihm den Umschlag. Er begutachtete das Schreiben und schaute mich fragend an.

»Ist das nicht ein wenig übertrieben?« Ich fing schon leicht an zu kochen, wollte mir aber nichts anmerken lassen.

»Unter den gegebenen Umständen ist dieser Preis sogar günstig.«

»Aha. Nun ja, das ist Frau Hultleins Sache.« Das Telefon klingelte. Er wechselte ein paar Worte mit dem Anrufer und schnaubte dann ein ungeduldiges »Ja, ich komme sofort!« in den Hörer.

»Tut mir Leid, ich habe zu tun.« Er komplimentierte mich zur Tür hinaus auf den Gang, wo er mich stehen ließ, während er mit raschem Schritt um eine Ecke verschwand.

Ich dachte an die Aktenschränke in seinem Büro. Ob ich die Gelegenheit nutzen sollte? Ob es sehr verwerflich wäre? Ich drückte vorsichtig die Klinke hinunter und sah mich um. Kein Mensch war zu sehen. Ich schlich hinein und schloss die Tür. Atemlos stand ich da und bewegte mich nicht. Lediglich ein Gebet formte sich in meinen Gedanken, dass niemand hereinkommen möge. Ich war mir allerdings nicht sicher, ob Gott diesem Gebet Gehör schenken würde. Schließlich konnte man das nicht gerade als heilige Sache bezeichnen. Ich fand die Akten, die mit W begannen, sofort. Dr. Frey war sehr ordentlich, was seine Ablage anging. Vielleicht war auch Frau Hultlein dafür verantwortlich. Anton Wagner war nicht schwer zu finden, er war gleich einer der Ersten. Mit zitternden Fingern schlug ich den Aktendeckel auf.

Es dauerte einen Moment, bis ich mich in den Papieren und Formularen zurechtfand. Doch dann stieß ich auf den Obduktionsbericht. Nervös überflog ich die sauber getippten Zeilen. Viel Neues erfuhr ich nicht, zumal ich Schwierigkeiten mit den Fachbegriffen hatte. Todesursache war ein schwerer Schädelbruch, verursacht durch einen kräftigen Schlag mit einem stumpfen Eisengegenstand. Außerdem gab es diverse Frakturen, sehr wahrscheinlich hervorgerufen durch den Sturz auf der Treppe des Kirchturmes. Interessant war die Festlegung des Todeszeitpunktes auf circa sieben Uhr fünfzehn, aber das lag in dem Zeitrahmen, den Dr. Frank bereits genannt hatte. Doch dann hörte ich Schritte auf dem Gang und klappte panisch die Mappe zu und steckte sie zurück in die Schublade. Was sollte ich sagen, wenn Dr. Frey jetzt hereinkäme? Er würde mir sicher nicht glauben, dass ich etwas vergessen hatte, ganz abgesehen davon, dass es eine Lüge wäre. Die Schritte gingen vorüber und ich atmete erleichtert durch. Jetzt merkte ich erst, dass ich ganz verschwitzt war. Ich beschloss, mich schleunigst aus dem Staub zu machen.

Auf der Heimfahrt grübelte ich über die Wagner-Akte nach. Es war schade, dass nicht wenigstens ein bisschen was Spektakuläres dringestanden hatte. Den Tathergang stellte ich mir ungefähr so vor: Pfarrer Wagner war – aus welchem Grund auch immer – schon früh in der Kirche gewesen. Er ging die Treppe zum Turm hinauf – aber warum nur? – und wurde dort oben von jemandem überrascht. Oder war ihm eher jemand gefolgt? Man müsste wissen, ob er die Treppe hinauf- oder hinuntergegangen war, als er den Schlag bekam. Hatte er seinen Mörder noch gesehen? Hatte er gewusst, was passieren würde oder hatte er nichts mehr davon mitbekommen? Von hinten hupte es. Ich schaute in den Rückspiegel und sah einen Mann mit Brille und Stehfrisur hinter mir in seinem Wagen wild gestikülieren. Er hatte Recht, mein Fuß war unbemerkt immer weiter vom Gaspedal gerutscht, so dass ich mittlerweile nur noch knappe Dreißig fuhr. Ich beschleunigte. Ich wollte jetzt so schnell wie möglich nach Hause.

Franklin sprang an mir hoch und versuchte, mir das Gesicht zu lecken, als ich die Tür öffnete. »Na, mein Guter, hat in der Zwischenzeit jemand angerufen oder geklingelt?« Ich schaute ihn an, aber er gab keine Antwort. Endlich beruhigte er sich wieder und rannte in den Garten hinaus, wo er zu buddeln begann. Der Anrufbeantworter blinkte immer noch. Ich hatte am Vormittag ganz vergessen ihn abzuhören. Es war Alex, die mir eine Nachricht hinterlassen hatte. Sie ermahnte mich, auf jeden Fall am Abend zur Party ihres Vaters zu kommen. Ich bräuchte auch nur ein kleines Geschenk mitbringen, wenn überhaupt. Auch das noch! An ein Geschenk hatte ich noch gar nicht gedacht. Allerdings – wenn ich mich richtig erinnerte, gab es da im Keller noch eine Flasche Wein, die ich selbst geschenkt bekommen hatte. Es war ja ein netter Gedanke gewesen, aber ich trank nun mal keinen Wein, deshalb hatte ich die Flasche nie geöffnet. Es musste aber ein guter Tropfen sein, denn es war mir stolz und freudig mitgeteilt worden, welche enorme Summe dieses Mitbringsel gekostet hatte. Nun, Alex' Vater konnte damit sicherlich mehr anfangen als ich. Und für Frau Keller würde ich die letzten noch intakten Blumen meines Gartens opfern.

Ich rief bei Wilson im Büro an. Er war sogar da. »Penelope, das ist ja schön. Wie geht es Ihnen?« Inzwischen ging es mir wieder bestens.

»Gut, vielen Dank. Und Ihnen?« Reizendes Gespräch, aber ich wusste nicht, ob er als halber Engländer nicht Wert legte auf dieses Anfangsgeplänkel.

»Oh, na ja, ganz gut. Immerhin ist heute nicht so viel zu tun. Weshalb rufen Sie an?« Ich erzählte ihm, dass ich der Nichte des

Pfarrers ihre Abschlusszeitung geben wolle und er gab mir ihre Nummer. Dann ein langes Schweigen. Schließlich fragte er mich, was ich am Wochenende vorhabe.

»So wie es aussieht, hab ich ziemlich viel zu tun. Weshalb fragen Sie?« Nervöses Schnaufen. Ich stellte mir vor, wie er seine Taschen nach Zigaretten abtastete.

»Nur so, ich hatte gedacht ...«

»Ja?«

»Also, falls das Wetter schön wäre, hätte ich gern einen Spaziergang mit Ihnen gemacht. Sie wissen schon – als Ausgleich für den verpatzten Urlaub.« Er lachte leise. Ich fühlte mich total überrumpelt und fing an herumzustammeln.

»Das ist nett, aber ich gehe ja eh jeden Tag mit dem Hund ... Sie wissen bestimmt, dass ich seit einigen Tagen diesen Hund in Pflege habe. Er braucht ziemlich viel Bewegung, deshalb ... Aber es wäre schön – also, wenn Sie Lust haben ...?« Ich zeigte mir einen Vogel.

»Ach so«, sagte er.

»Wie gesagt, wenn Sie mögen, rufen Sie einfach an. Ich geh auch bei schlechtem Wetter«, schob ich eilig hinterher, denn ich wollte nicht, dass er den Eindruck hatte, ich wolle sein Angebot ablehnen.

»Ja, gut«, antwortete er wieder etwas munterer und ich beendete schnell das Gespräch, um mich vor weiteren Verlegenheiten zu schützen. Ich konnte mich des Eindrucks nicht erwehren, dass Peter Wilson nicht nur berufliche Interessen verfolgte. War es möglich, dass er Gefallen an mir gefunden hatte? Das würde einiges erklären, allerdings nicht, weshalb ich es nicht früher bemerkt hatte. Ich war doch sonst nicht auf den Kopf gefallen, was das anging.

Nach einer Beruhigungspause wählte ich die Nummer, die mir Wilson gegeben hatte. Ich musste es ziemlich lange klingeln lassen, bis jemand den Hörer abhob. Die Stimme klang nach einer älteren Frau. »Klein.« Ich konnte nur vermuten, dass es sich um die Mutter von Katrin handelte und bat daher darum, mit dieser sprechen zu können.

»Einen Augenblick, bitte.« Ich hörte es knacken und dann schlurfende Schritte, die sich entfernten. Wenig später rief dieselbe Stimme, mit der ich eben noch geredet hatte: »Katrin! Katrin! Telefon!« Dann Stille. Ich betrachtete meine Fingernägel und fand, dass sie dringend einer Maniküre bedurften. Dann rief ich Franklin und setzte mich zu ihm auf den Boden, um ihn zu kraulen. Schließlich überlegte ich, ob es für meinen Roman gut wäre, ein Happyend zu erfinden, oder ob ich die Leser lieber mit einem Schock aus ihrer Lektüre entlassen wollte. Ich erfand gerade mehrere Varianten der zweiten Möglichkeit, als sich am anderen Ende der Leitung endlich jemand meldete.

»Hallo?« Ziemlich zaghaft, dachte ich sofort und beschloss, mich besonders freundlich zu geben, um sie nicht zu erschrecken.

»Hallo, mein Name ist Penelope Plank. Ich war mit Ihrem Onkel, Pfarrer Anton Wagner, bekannt. Ich habe gelegentlich Schreibarbeiten für das Gemeindebüro erledigt.« Ich gab ihr einen Moment, bevor ich weiterredete, damit sie diese Nachricht verdauen konnte. Schließlich hatte ich keine Ahnung, welches Verhältnis sie zu ihrem Onkel gehabt hatte, und wollte sie nicht unnötig aufregen. Da sie nichts erwiderte, fuhr ich fort.

»Beim Transport einiger seiner Unterlagen ist Ihre Abschlusszeitung unter meinen Autositz gerutscht. Ich möchte eigentlich ungern Ihre Tante damit belästigen, deshalb dachte ich, ich erledige das gleich persönlich. Vielleicht könnte ich sie Ihnen bringen?« Kein Laut kam durch die Leitung.

»Warum schicken Sie sie nicht mit der Post?«, sagte sie nach einer ziemlich langen Bedenkzeit. Es schien so, als hätte ich recht gehabt. Sie leugnete nicht, dass das Heft ihr gehörte.

»Ich möchte es Ihnen lieber persönlich bringen.« Und dabei viele neugierige Fragen stellen, fügte ich in Gedanken hinzu.

»Na ja, von mir aus, wenn es Ihnen nichts ausmacht ...«

»Nein, gar nicht!«, bekräftigte ich mit Nachdruck. Sie nannte mir eine Adresse in Altenhausen und wir verabredeten eine Uhrzeit am nächsten Vormittag. Nachdem wir aufgelegt hatten, griff ich mir den Straßenatlas um nachzuschauen, wo dieser Ort lag, von dem ich noch nie gehört hatte. Ich fand ihn erst nach einigem Suchen und schätzte, dass er etwa eine halbe Autostunde entfernt war. Ein Blick auf die Uhr zeigte, dass es höchste Zeit war, mich für die Party fertig zu machen.

Dichter Nebel waberte durch die Dunkelheit, als ich aus der Haustür trat. Ziemlich unfreundlich war es, kalt und feucht, und die Sicht betrug höchstens fünfzig Meter. Wie rasch es doch so diesig werden konnte! Am Nachmittag hatte ich noch nichts davon bemerkt. Franklin bellte mir hinterher. Ich hätte ihn gern mitgenommen, aber auf einer Party mit hundert Leuten – das war nur eine übertriebene Schätzung von mir – würde er sich sicher nicht wohl fühlen. Es erforderte meine ganze Konzentration, mich mit dem Auto durch die Straßen zu kämpfen, und prompt hätte ich um ein Haar die letzte Abzweigung verpasst. Vor der Keller'schen Villa – nicht zu vergleichen mit meiner kleinen Hütte – parkten eine Menge Fahrzeuge. Ich quetschte meine alte Schrottlaube so unauffällig wie möglich an eine Ecke, wo ich eigentlich gar nicht parken sollte. Soweit das Auge reichte, erblickte ich nur große, dunkle Wagen gewisser Marken, die eben zu einem bestimmten sozialen Status dazuzugehören scheinen. Von unauffällig konnte da in Bezug auf mein Fahrzeug wahrlich nicht die Rede sein, zumal ich mich hier in einem der gehobeneren Stadtteile befand, aber ich hoffte darauf, dass der Nebel gnädig seine Schleier über die Roststellen und Dellen im Blech legen würde. Ich drückte die eingepackte Flasche und den Blumenstrauß, den ich, wie ich fand, ausnahmsweise recht hübsch arrangiert hatte, an mich und steuerte auf die Eingangstür zu. »Portal« hätte es eigentlich besser getroffen, aber Kellers waren so bescheiden, sich mit normalem Vokabular zu begnügen. Sie nannten ihre Behausung auch niemals selbst »Villa«; diese Bezeichnung war auf meinem Mist gewachsen und Alex wand sich jedes Mal ein wenig, wenn ich sie ihr gegenüber benutzte.

Frau Keller öffnete mir und begrüßte mich warmherzig. Alex hatte wirklich eine außerordentlich nette Familie – wenn man ihren

Bruder außer Acht ließ – und ich war generell gern bei ihnen. Nur die Feiern behagten mir nicht so ganz, weil diese mehr in Gesellschaften ausarteten, bei denen ich mich leicht fehl am Platze fühlte. Aber ich arbeitete noch an meinem Selbstbewusstsein und war voller Hoffnung, der Oberschicht demnächst vollkommen gelassen und gleichgültig gegenübertreten zu können. Ein Dienstmädchen – bei Festen dieser Größenordnung engagierten Kellers stets Aushilfskräfte – trug meinen Mantel davon und Frau Keller schob mich in den Salon, der gleich neben der Empfangshalle lag und in dem sich das Geburtstagskind mit mehreren Gästen angeregt unterhielt. Wie gesagt, die Familie selbst hätte eher von »Diele« und »Zimmer« gesprochen. Herr Keller erblickte mich und nickte seinen Gesprächspartnern zu, bevor er zu mir herüberkam.

»Hallo Penelope, schön, dass Sie gekommen sind!« Dabei lächelte er so aufrichtig, dass ich ihm das auch abnahm. Ich gratulierte und drückte ihm die Flasche in die Hand. Er schob die Verpackung etwas zur Seite und warf einen Blick auf das Etikett. Seine Augenbrauen hoben sich anerkennend und ich war sehr erleichtert. Dann schickte er mich zum Büffet und ich machte mich auf den Weg ins Esszimmer, wo einige Tische voll köstlicher Speisen aufgebaut waren. Alles sah sehr ansprechend und appetitlich aus. Frau Keller stellte gerade die Blumen in eine Vase, die mir verdächtig nach einem echt chinesischen Stück aussah.

Ich fand Alex bei den Platten mit den Süßspeisen, wo sie sich eine große Portion Eis auflud. »Frau Keller, ich denke, Sie sollten das lieber lassen!« Sie fuhr herum und lachte, als sie mich sah.

»Pelo, dass du auch endlich kommst. Ich dachte schon, du hättest es dir anders überlegt.«

»So spät bin ich doch gar nicht«, verteidigte ich mich, aber es stimmte schon, ich hatte mir viel Zeit gelassen. Ich nahm mir einen Teller und fing an, ihn am Büffet vollzuhäufen, wobei mir die Wahl recht schwer fiel.

»Hast du Olli schon gesehen?«, fragte Alex und redete gleich weiter, ohne eine Antwort abzuwarten. »Er sieht entsetzlich aus. Er hat dieses Mädchen eingeladen, in das er verschossen ist, und benimmt sich wie ein Affe.«

»Du solltest nicht so respektlos über ihn reden«, sagte ich mahnend. Sie zuckte mit den Schultern.

»Du hast wahrscheinlich Recht, aber du weißt ja auch, dass ich ihn liebe. Aber trotzdem kannst du froh sein, dass du keinen kleinen Bruder hast!« Wir fanden ein freies Plätzchen in der Küche, wo wir uns niederließen und das Essen genossen. Es schmeckte ausgezeichnet. Vielleicht sollte ich meinen beiden Hausfreunden etwas davon mitbringen?

Kaum war mein Teller leer, bestand Alex darauf, ich müsste ihren Bruder Thomas begrüßen. Thomas war ihr älterer Bruder und bislang kannte ich ihn nur aus ihren Erzählungen. Nach allem, was ich gehört hatte, musste er ein wahres Wunder an Güte, Tapferkeit, Intelligenz und Humor sein. Er war Anwalt und lebte mit seiner Frau und den zwei Kindern in der Nähe von Frankfurt, wo er seine Kanzlei hatte. Bei so viel Schwärmerei hatte Oliver als jüngerer Bruder bei seiner Schwester natürlich von vornherein schlechte Karten, aber im Großen und Ganzen liebten sie sich ja doch innig – genau wie Alex vorhin gesagt hatte, wenn es auch wie ein Scherz klingen sollte. Thomas und seine Frau saßen im Wohnzimmer auf einem Sofa, das eine Kind turnte auf der Fensterbank herum, weil es so toll war, sich hinter dem großen Vorhang zu verstecken, während das andere Kind bei der Mutter auf dem Schoß saß und quengelte. Endlich gab sie mit einem Seufzer nach und stellte den Kleinen auf seine Füße. Offenbar war er noch nicht ganz sicher auf den Beinen, jedenfalls plumpste er erst mal auf den Hintern. Frau Keller unterhielt sich mit ihrer Schwiegertochter, als wir dazustießen.

»Thomas, ich wollte dir doch Pelo mal vorstellen«, platzte Alex dazwischen. Sie ist eben einfach recht impulsiv, aber ihre Familie war das ja gewohnt. Alle schauten mich interessiert an, nur Alex' Schwägerin runzelte etwas die Stirn bei dieser rüden Unterbrechung.

Thomas erhob sich und drückte mir die Hand. Er hatte unverkennbar eine große Ähnlichkeit mit Alex, strahlte aber wesentlich mehr Ruhe aus. Ansonsten fand ich ihn überraschend klein. Bei einem großen Bruder hatte ich mir automatisch einen großen Mann vorgestellt, vor allem angesichts all der Heldentaten, die er für Alex vollbracht hatte, als sie noch jünger waren.

»Pelo?«, fragte er mit einem überraschten Gesichtsausdruck. »Das ist vermutlich die Abkürzung für Penelope?!« Ich lachte und nickte. »Eine etwas ungewöhnliche Abkürzung. Ich nehme an, sie stammt von Alex.«

»Ja, ganz recht!«, rief sie und hängte sich bei mir ein. Ich wandte mich nach rechts und reichte der jungen Mutter die Hand.

»Das ist Thomas' Frau Ruth«, erläuterte Alex, »und das da im Vorhang ist Sven. Und hier haben wir den kleinen Tobias.« Sie ließ mich wieder los, um den kleinen Jungen auf den Arm zu nehmen. Er protestierte lauthals und Ruth warf ihm einen verärgerten Blick zu.

»Er ist müde, Alex, reg ihn nicht auf. Er soll so schnell wie möglich einschlafen.«

»Was machen Sie beruflich, Penelope?«, wandte sich Thomas an mich.

»Ihr werdet euch doch wohl nicht siezen wollen!« redete Alex dazwischen. Sogar für ihre Verhältnisse war sie etwas arg aufgekratzt.

»Na, dann also du«, lenkte ihr Bruder bereitwillig ein. Mir war es auch recht. Er war schließlich nicht so viel älter als ich.

Ich erläuterte ziemlich ausführlich, womit ich versuchte, Geld zu verdienen, denn sein interessiertes Zuhören und gelegentliche Zwischenfragen machten es mir leicht. Frau Keller hatte uns verlassen und ich achtete nicht besonders auf Ruth und die Kinder. Alex entschuldigte sich kurz, so dass wir ganz uns selbst überlassen blieben. Ich war noch mitten im Redefluss, als Ruth mich unterbrach.

»Finden Sie es nicht sehr bedrückend, finanziell so ungewiss zu leben?«

»Manchmal schon«, entgegnete ich aufrichtig und versuchte

mir nicht anmerken zu lassen, dass mich das »Sie« etwas irritiert hatte. Offenbar bewahrte sie gern etwas mehr Distanz.

»Aber normalerweise klappt es doch immer irgendwie. Ich bete oft dafür.«

»Sie beten?« So wie sie es betonte, hatte ich das Gefühl, gerade bekannt zu haben, heimlich Hamstern die Köpfe abzuhacken.

»Ja, ich bitte Gott darum, mir Arbeit zu geben.«

»Tatsächlich?« Sie musterte mich abschätzend. Was sollte das denn jetzt? Aus den Augenwinkeln beobachtete ich Thomas, der sich unbehaglich auf seinem Sitz wand. Da er offenbar nichts sagen wollte, wollte ich es mit einem Gegenangriff versuchen.

»Beten Sie nicht?«

»Nein.«

»Und warum nicht?«

»Ich glaube nicht daran.«

»Woran?« Sie zögerte und warf einen unsicheren Blick in Richtung ihres Mannes.

»Gott, Gebetserhörung, Religion. Nennen Sie es, wie Sie wollen.« Sie schaute mich gleichgültig an. Aber ihr Gesichtsausdruck trog, ich konnte sehen, wie ihre Finger zitterten, als sie sie von ihrem Glas löste, nachdem sie einen Schluck getrunken hatte.

»Haben Sie denn schon mal mit Gott geredet?« Ihre Augen verdunkelten sich.

»Ja, das habe ich. Aber er hat nicht geantwortet.« Ich wusste nicht, ob ich noch weiterreden sollte. Offensichtlich hatte ich einen wunden Punkt berührt. Aber ich wollte ihr Statement auch nicht so unbeantwortet im Raum stehen lassen.

»Manchmal«, sagte ich nachdenklich, »denke ich auch, dass er mir nicht antwortet und bin schrecklich enttäuscht. Aber oft stelle ich später fest, wenn ich mich wieder daran erinnere, dass ich nur die Antwort nicht gleich verstanden habe.« Sie sagte nichts mehr und ich betrachtete das Gespräch als beendet. Ich zog mich zurück, um Alex zu suchen.

Mit dem Gefühl, mich reichlich täppisch benommen zu haben, klapperte ich einige Räume im Erdgeschoss ab. Ich stieß zwar auf eine Menge Leute, die ich nicht kannte, und auch auf einige, die mir bekannt waren, aber Alex war nicht dabei. Allerdings begegnete ich Oliver, der mir ein lockeres »Hi Penelope« zurief, sich darüber hinaus aber nur mit seiner Begleiterin beschäftigte. Sie sah nett aus, wenn auch ziemlich jung. Ich beobachtete sie eine Weile, denn ich hatte gerade einen günstigen Standpunkt erwischt. Oliver redete auf das Mädchen ein wie ein Weltmeister. Dann lachte er. Offenbar erzählte er witzige Geschichten, in der Hoffnung, sie zum Lachen zu bringen; sie jedoch verzog die Lippen nur zu einem höflichen Lächeln. Das schien ja nicht gut auszusehen für den armen Kerl. Sie nippte an ihrem Sektglas, Oliver stürzte den halben Inhalt seines Glases auf einmal hinunter. Ich wollte nicht seinen Kater haben, wenn er am nächsten Morgen aufwachte.

Er redete weiter, sie stellte eine kurze Frage, die ihm Anlass genug war, in seinem Fluss fortzufahren. Dabei fing er an, etwas heftig zu gestikulieren. Schließlich erwischte es einen älteren Herrn, der sich eben mit zwei vollbeladenen Tellern an den beiden vorüberschieben wollte. Olli warf den rechten Arm nach vorn und beschrieb einen Bogen zur Seite, traf genau auf die beiden Teller und beförderte sie mit Schwung auf den Anzug des Herrn. Schockiert betrachtete dieser sich und das am Boden liegende, zerbrochene Geschirr. Frau Keller kam aus dem Nichts mit einem Lappen aufgetaucht, befreite das Opfer von den gröbsten Speiseresten und nahm ihn dann am Arm, um mit ihm in der Küche unterzutauchen. Mit einem deutlichen Kopfnicken bedeutete sie ihrem Sohn, sich um die Bescherung auf dem Teppich zu kümmern. Beschämt und ziemlich rötlich auf den Wangen kniete er sich nieder, um die Scherben einzusammeln. Seine Freundin, oder was auch immer sie zu ihm war, kniete sich neben ihn und half ihm dabei. Er warf ihr einen unglücklichen Blick zu, um zu sehen, wie sie diesen Unfall auffassen würde. Sie lächelte ihn sehr warm an und er grinste erleichtert zurück. Dann kam Herr Keller mit einem Dienstmädchen, das mir mit der nun folgenden Reinigungsaktion leider die Sicht versperrte. Nun, vielleicht war die Lage ja doch nicht ganz hoffnungslos für den armen Oliver.

Endlich entdeckte ich Alex. Sie winkte mir, zu ihr zu kommen, dann zog sie mich ins Kaminzimmer, wo wir alleine waren. »Stell dir vor, wer eben gekommen ist!« Sie schaute mich erwartungsvoll an, aber ich konnte mir beim besten Willen nicht denken, wen sie meinte, zumal sie einen recht betroffenen Gesichtsausdruck aufgesetzt hatte. Ich konnte nur raten, dass es nicht Sean Connery oder Pierce Brosnan sein konnte. Ich zuckte mit den Schultern als Zeichen meiner Ahnungslosigkeit.

»Nun rate doch mal!«

»Gitti und Erika?« Sie schüttelte den Kopf. »Meine Mutter???«

»Ach Pelo, du bist unmöglich. Natürlich nicht deine Mutter und auch nicht dein Vater. Der Hilfspfarrer.«

»Weinzierl?«

»Genau der.«

»Schön«, sagte ich ratlos, weil ich nicht wusste, was daran so schlimm sein sollte.

»Ich frage mich, was der hier zu suchen hat.«

»Deine Eltern werden ihn eingeladen haben. Was ist denn daran so schockierend?« Sie zog die Augenbrauen etwas in die Höhe.

»Ich weiß auch nicht recht – ich mag ihn nur nicht besonders.«

»Wie gut kennst du ihn denn?«

»Gut genug.« Sie blickte finster zur offenen Tür, um zu sehen, ob jemand käme.

»Was soll das denn heißen?« Ihre Stimme war nur noch ein Flüstern, als sie mir antwortete.

»Ich glaube, er will was von mir.« Alex war wirklich merkwürdig an diesem Abend.

»Sag mal, hast du einen Schwips?«, fragte ich ziemlich direkt.

»Natürlich habe ich einen Schwips. Es ist ein Wunder, dass ich überhaupt noch auf den Beinen bin, bei all dem Sekt, den ich heute schon trinken musste. Ich bin das doch gar nicht gewohnt.« Mit einem Plumps landete sie in einem der großen Ohrensessel und legte die Beine auf den dazugehörigen Hocker.

»Du hast keine Ahnung, wie oft wir anstoßen mussten. Kaum waren die ersten Gäste da, ging es los, und dann immer wieder, bis fast alle da waren. Und das auf leeren Magen!« Sie presste die Augenlider zusammen. »Ich hoffe, ich habe dich vorhin nicht in Verlegenheit gebracht. Bei Thomas und Ruth, meine ich.«

»Aber nein, mach dir deshalb keine Sorgen.«

»Wenn ich hier sitzen bleibe, bin ich bestimmt gleich eingeschlafen. Ich glaube, ich gehe ins Bett.« Sie machte Anstalten, sich aus dem Sessel emporzuhieven, aber ich unterbrach sie.

»Was hast du vorhin gemeint? Weinzierl bekundet Interesse an dir?«

»Ach, das! Das hab ich mir vermutlich nur eingebildet. Ich finde, er schenkt uns nach den Gottesdiensten ziemlich viel Aufmerksamkeit, und während er mit meinen Eltern redet oder versucht, mit Olli ein vernünftiges Gespräch zu führen, beobachtet er mich die ganze Zeit. Mir ist das manchmal richtig peinlich. Andererseits hat er gelegentlich eben einen eindringlichen Blick, das ist wohl seine Art. Vielleicht hat er ja ein Augenleiden.« Wir kicherten, aber ich kam mir ein bisschen gemein dabei vor. Das Thema war damit offensichtlich beendet, denn Alex stand auf und schien tatsächlich entschlossen, sich in ihr Schlafzimmer zu begeben.

»Sei mir nicht böse, Pelo, aber ich kann wirklich nicht mehr. Ich bin absolut erledigt und höre die Federn ganz intensiv nach mir rufen.« Wir umarmten uns und ich wünschte ihr süße Träume, bevor sie hinausging. Täuschte ich mich oder wankte sie etwas? Tja, nun blieb mir nicht mehr viel zu tun übrig. Ich entschied mich, dass ich am besten auch meinen Hut nehmen würde. Ich erkundigte mich nach meinem Mantel und erfuhr, dass er im ersten Stock im Büro sei. Inzwischen war es auch recht spät geworden und meine Tiere warteten sicher schon ungeduldig auf mich. Bevor ich jedoch nach Hause konnte, harrten meiner noch zwei Dinge.

Das eine war eine echte Überraschung, denn auf der Treppe stand ich auf einmal Dr. Frey gegenüber. »Wenn das nicht die Schreibdame ist!«

»Guten Abend«, erwiderte ich ziemlich frostig, denn so lasse ich mich gar nicht gern nennen. Doch im nächsten Moment überfiel mich die Erinnerung an meine Schnüffelei und das schlechte Gewissen ließ mir recht heiß werden.

»Die Berichte sind übrigens ganz ordentlich«, fuhr er indessen fort, ohne meine Verlegenheit zu bemerken, »wenngleich ich meine Meinung über Ihren Preis nicht geändert habe.« Er musterte mich herablassend.

»Aber wer weiß, vielleicht benötigen wir Ihre Dienste ja trotzdem einmal wieder.«

»Sehr freundlich«, antwortete ich zuckersüß. Ich hatte mich einigermaßen gefasst und dachte, ich sollte auf jeden Fall entgegenkommend sein. Er setzte seinen Weg nach unten fort, ich den meinen nach oben.

Im Büro befand sich eine behelfsmäßige Garderobe: eine Kleiderstange auf Rollen, die mit zu vielen Mänteln behängt war. Es dauerte eine Weile, bis ich meinen eigenen gefunden hatte. Ich schlüpfte hinein und drehte mich um. Ich fiel fast über den Vikar, der direkt hinter mir stand.

»Ah, Frau Plank, wie schön, dass wir uns doch noch begegnen. Ich dachte schon, Sie seien gegangen.« Ich war vollkommen verdutzt. Er redete, als wären wir alte Bekannte.

»Ich bin gerade dabei ...«

»Ja, das sehe ich.« Er deutete lächelnd auf meinen Mantel.

»Sie müssen sicher zu Hause nach dem Hund sehen.« Er starrte mir intensiv in die Augen.

»Dem Hund?« Er verblüffte mich immer mehr.

»Aber ja, Franklin, der Retriever von Pfarrer Wagner.« Er schien nicht das Bedürfnis zu haben zu blinzeln. Ich schluckte.

»Woher wissen Sie das?«

»Frau Wagner hat es mir erzählt, als wir miteinander telefonierten. Ich finde es ausgesprochen nett von Ihnen, dass Sie sich um das Tier kümmern. Das ist heutzutage leider keine Selbstverständlichkeit mehr. Überall nimmt die Hilfsbereitschaft so sehr ab.« Bedauernd nickte er mit dem Kopf, wobei er endlich seinen

Blick von mir abwandte. Ich hatte mich selten so unbehaglich gefühlt. Nun konnte ich Alex besser verstehen.

»Es war ja auch zu freundlich von Ihnen, diese Kisten zu ihr zu fahren. Aber es wäre auch nicht schlimm gewesen, wenn Sie es nicht gemacht hätten. Ich hatte eigentlich damit gerechnet, selbst damit zu der armen Frau Wagner zu fahren, aber dann war ich den ganzen Tag mit der Polizei und ihren endlosen Fragen beschäftigt. Schließlich musste ich auch Frau Hemmerling nach Hause schicken, weil sie mit ihren Nerven völlig am Ende war.« Ich fragte mich besorgt, was er mir zu sagen versuchte. Wollte er irgendetwas aus mir herausbekommen oder brauchte er nur jemanden, mit dem er mal reden konnte? Das war alles ziemlich merkwürdig.

»Sie sind wohl auch mit Doktor Frey bekannt?« Hatte er mir hinterher spioniert? Er interpretierte meine Mimik korrekt und fügte hinzu: »Ich sah Sie auf der Treppe mit ihm sprechen. Ich war gerade auf der Suche nach Ihnen, konnte aber nicht so schnell zu Ihnen durchgelangen.«

»Aha«, bemühte ich mich zu äußern. Sicherlich erwartete er, dass ich mich mit dem einen oder anderen Wort an diesem Gespräch beteiligte. »Kennen Sie ihn?«, fragte ich dann. Er legte die Fingerspitzen aneinander.

»Kennen ist eigentlich zu viel gesagt. Ich weiß, dass er derjenige ist, der die Obduktion durchgeführt hat, und ich habe auch schon einmal mit ihm gesprochen.« Worüber? Über die Obduktion etwa? Es war dem Arzt sicher nicht erlaubt, mit irgendjemandem darüber zu sprechen, ausgenommen der Polizei selbstverständlich. Ich hatte genug und wollte jetzt endlich gehen. Aber wie sollte ich mich von ihm losreißen, ohne unhöflich zu wirken? Glücklicherweise kam er mir entgegen.

»Aber ich halte Sie ja auf!« Er lachte. »Verzeihen Sie, ich war nur so erstaunt, dass Sie Dr. Frey kennen. Aber die Welt ist so klein, nicht wahr?« Da er es offenbar unbedingt wissen wollte, erklärte ich ihm, dass ich einen Auftrag für die pathologische Abteilung bearbeitet hatte.

»Na, das hätte ich mir eigentlich denken können. Aber manchmal ist der Geist so voll, dass die einfacheren Dinge die kompliziertesten zu sein scheinen.« Nach diesem salbungsvollen Schlusssatz beeilte ich mich, das Zimmer zu verlassen und die Treppe hinunterzulaufen.

Ich suchte den Gastgeber und seine Frau und fand sie schließlich in der Küche, wo sie den Getränkenachschub organisierten. Beim Verabschieden überredete mich Frau Keller, doch etwas vom Büffet mit nach Hause zu nehmen, weil noch so viel da wäre und sie absolut nicht wüsste, wo sie damit hin sollte. Sie würden vermutlich die ganze nächste Woche noch davon essen. Die Warterei auf das Esspäckchen, das eine der Leihangestellten zusammenpacken musste, kostete mich noch mal einige Minuten und ich wurde langsam wirklich ungeduldig. Schließlich hatte ich aber das Paket, wurde ein letztes Mal gedrückt und machte mich auf den Weg zur Haustür. Als ich am Kaminzimmer vorbeikam, horchte ich auf. Ärgerliche Stimmen drangen zu mir heraus, die mir auch noch recht bekannt vorkamen. Vorsichtig lugte ich durch den Spalt zwischen Tür und Rahmen hinein.

Weinzierl und Dr. Frey standen sich gegenüber. »Ich habe es Ihnen schon mehrmals gesagt: Ich kann nicht!« Dr. Frey sah richtig zornig aus, was mich bei seinem Temperament nicht weiter überraschte. Sicher litt er unter Bluthochdruck. Weinzierl sah bei Weitem gelassener aus.

»Das weiß ich. Aber es ist äußerst wichtig, glauben Sie mir. Ich bin da einer Sache auf der Spur und ich benötige diese Informationen.«

»Eine Spur? Sollten Sie das nicht der Polizei überlassen?« Der Spott war unverhohlen.

»Ich habe der Polizei bereits von meinem Verdacht erzählt«, fuhr der Vikar unbeirrt fort. »Sie wollen es prüfen, aber ich habe nicht das Gefühl, dass Sie meinen Hinweis ernst nehmen.«

»Und um welchen Hinweis handelt es sich dabei?«

»Das kann ich Ihnen leider nicht sagen. Wenn ich jedoch feststelle, dass Sie etwas verheimlichen ...« Weinzierls Drohung klang selbst in meinen Ohren nicht sehr überzeugend und der Arzt lachte nur.

»Sie sehen Gespenster«, sagte er, bevor er mit großen Schritten auf die Tür zukam. Ich machte, dass ich das Haus verließ, bevor ich entdeckt wurde.

8

In dieser Nacht schlief ich sehr schlecht. Ich wachte immer wieder auf und marterte mein Gehirn mit Fragen zu dem vergangenen Abend. Dazwischen fiel ich in einen flachen Schlaf, in dem ich dummes Zeug träumte, das vorwiegend aus meiner Kindheit zu stammen schien. Um halb sechs am Morgen beschloss ich aufzustehen. Entkräftet und mit einem matschigen Gefühl im Kopf schlurfte ich hinunter, um mir einen starken Kaffee zu brauen. Franklin tänzelte um mich herum, etwas verwirrt zwar, weil es noch nicht die übliche Zeit war, um rauszugehen, aber durchaus zu neuen Taten aufgelegt. Ich beneidete ihn, dass er ein Hund war und es ihm als solchem nicht passierte, sich halbe Nächte lang mit unlösbaren Problemen zu beschäftigen. Der Kaffee machte mich richtig munter, ich hatte ihn aber auch doppelt so stark wie sonst gemacht. Nach einer guten halben Stunde hatte ich schließlich genügend Energie, um mich anzuziehen und mit Franklin eine frühe Runde draußen zu drehen. Es war noch neblig und die Morgendämmerung hatte etwas Gespenstisches an sich. Ich wagte es immer noch nicht, den Hund frei laufen zu lassen, so dass ich mich notgedrungen mit ihm durch einen Acker kämpfen musste, wobei die schlechte Sicht denkbar ungünstig war. Wir stiegen durch so ziemlich jedes Schlammloch, das sich finden ließ. Wieder einmal kamen wir dreckstarrend zurück und schafften es gerade noch, im Haus zu verschwinden, ehe Frau Gerberich ihren Gartenweg entlangtrabte, um die Erste im Supermarkt zu sein. Keine Ahnung, warum sie diesen Ehrgeiz hatte.

Nachdem ich Franklin und mich gereinigt hatte, musste ich den Flur aufwischen, weil er voller schwarzer Pfoten- und Schuhabdrücke war. Kaum war ich damit fertig, klingelte das Telefon. Ich warf einen Blick auf die Uhr – zwanzig vor acht. Hatten denn die Leute überhaupt keinen Respekt mehr vor den Ruhezeiten? Und das am Samstag! Es war meine Mutter. Wer auch sonst?

»Penelope, mein Schatz, dass ich dich auch mal erreiche. Ich versuche schon seit Tagen, dich anzurufen.« Ich rollte mit den Augen, was sie glücklicherweise nicht sehen konnte.

»Warum hast du denn nicht auf den Anrufbeantworter gesprochen?«

»Du weißt doch, dass ich diese Dinger nicht leiden kann. Und es war auch nicht so wichtig. Wie geht es dir denn?«

»Oh, ausgezeichnet. Und wie geht es bei euch?«

»Ach ja, es geht so. Vorgestern ist das Auto kaputtgegangen. Jetzt müssen wir überlegen, ob wir es reparieren lassen wollen oder lieber gleich ein neues kaufen. Der Mann von der Werkstatt meinte natürlich, das alte ließe sich nicht mehr richten. Na ja, wir werden sehen.« Sie machte eine kleine Pause und ich wusste, dass jetzt der eigentliche Grund ihres Anrufes kam. »Denkst du daran, dass Renate Anfang November Geburtstag hat? Es ist ihr fünfzigster und wir hoffen alle sehr, dass du diesmal dabei sein wirst!« Sie sagte es mit viel Nachdruck, denn letztes und vorletztes Jahr hatte ich mich erfolgreich um diese Feiern gedrückt. Tante Renate, die Schwester meiner Mutter, ist zwar eine liebe Frau, aber ihre beiden Töchter, die folglich meine Cousinen sind, können mich nicht leiden und lassen mich das ganz gerne spüren. Aber bei einem so besonderen Geburtstag konnte ich schwerlich absagen, vor allem weil ich wusste, wie viel Wert Mama und ihre Schwester auf Familientraditionen legten.

»Ich nehme an, Moni und Susi« – die Namen passten eher zu Meerschweinchen – »sind auch da.«

»Natürlich sind sie da! Es sind ja schließlich ihre Töchter. Und wenigstens wissen die beiden, was solche Feste bedeuten.« Sie musste es mir immer wieder unter die Nase reiben, dabei konnte sie sich eigentlich nicht beklagen, denn zu ihrem und zu Papas Geburtstag kam ich regelmäßig. Es tat ihr auch gleich Leid, denn sie fügte tröstend hinzu: »Es wird schon nicht so schlimm werden. Du musst dich mit den beiden ja nicht stundenlang unterhalten. Daniel wird da sein und außerdem hat Moni einen Freund, der kommen wird. Also wird sie voraussichtlich mit ihm beschäftigt sein.« Das waren in der Tat erfreulichere Aussichten. Daniel ist mein Cousin, der Sohn von Tante Renate, etwas älter als ich und einer meiner besten Freunde aus meiner Jugendzeit. Er hatte außer den Eltern kaum etwas mit seinen jüngeren Schwestern gemein. Er lebte seit ein paar Jahren in London, wo er nach Beendigung seines Studiums eine Arbeitsstelle gefunden hatte.

»Wirst du kommen?«, unterbrach Mama meine Gedanken.

»Ja, ich werde kommen«, versprach ich. »Ich werde allerdings einen Hund mitbringen.« Das war mir gerade eben noch eingefallen. Ich konnte Franklin schlecht allein zu Hause lassen. Moira war kein Problem, sie konnte schon mal zwei Tage allein bleiben, aber Franklin brauchte jemanden, der sich um ihn kümmerte.

»Einen Hund?«

»Ja, ich habe ihn zur Zeit in Pflege. Das kann ich euch ja erzählen, wenn ich da bin.«

»Meinetwegen. Komm am besten samstags schon zum Mittagessen.« Ich willigte ein, war allerdings nicht begeistert, denn das hieß wieder einmal früh aufstehen und losfahren, denn bis zu meinen Eltern war ich fast vier Stunden unterwegs. Kaum hatten wir aufgelegt, fiel mir ein, dass ich vergessen hatte, mich nach einer Geschenkidee zu erkundigen. Allerdings hatte ich keine Lust, gleich noch mal zurückzurufen. Irgendetwas würde mir bis dahin hoffentlich einfallen.

Nachdem ich mir einen weiteren Kaffee gekocht hatte – ungeachtet der Gefahr eines Koffeinschocks – setzte ich mich in die Küche und schlug die Bibel auf. Gestern war meine Gebetszeit leider etwas zu kurz gekommen, aber heute wollte ich sie gründlich machen, vor allem im Hinblick auf die beiden Verabredungen, die an diesem Tag auf mich zukommen würden: zuerst mit der Nichte des verstorbenen Pfarrers und heute Abend dann der blonde Adonis aus Mützels Bücherwelt. Ich bat Gott darum, dass ich mich vernünftig verhalten würde, denn ich hatte keine Ahnung, in welchen Situationen ich mich im Laufe des Tages wiederfinden würde. Schließlich bat ich nach einigem Ringen mit mir auch um Segen für Sabine. Wer weiß, vielleicht würde ich demnächst eine Erklärung für ihr merkwürdiges Verhalten bekommen. Ich wollte allerdings lieber nicht daran denken, dass ich sie voraussichtlich am nächsten Tag im Gottesdienst treffen würde. Es war nur logisch, dass mir Römer 12,18 erneut in den Sinn kam, aber die Intensität erstaunte mich dennoch. Natürlich würde ich versuchen, diese Sache mit Sabine zu klären, warum also diese Mahnung? Ich wurde das Gefühl nicht los, dass Gott mich auf irgendetwas hinweisen wollte. Aber was?

Ich zog mich warm an, denn obwohl die Sonne schien, war es ziemlich kalt draußen. Bewaffnet mit der Abschlusszeitung und Franklin an der Leine verließ ich das Haus und machte mich auf den Weg. Franklin musste im Kofferraum Platz nehmen, was zum Glück kein Problem darstellte, weil dieser recht geräumig war. Ich hoffte, dass er nicht über die Rückenlehne auf den Rücksitz oder vielleicht sogar auf den Beifahrersitz springen würde. Leider ließ es sich nicht vermeiden, dass ich zunächst zu einer Tankstelle fuhr, denn auch das sparsamste Auto braucht Benzin zum Fahren und die Tankanzeige meiner alten Kiste war so ziemlich am unteren Ende des roten Bereiches angelangt. Wehmütig blickte ich dem Fünfzigeuroschein hinterher, als er über die Theke in die Hand des Kassierers wanderte. Ich schickte schnell ein Stoßgebet los, dass ich noch ein paar Aufträge bekäme, denn langsam wurde mir mulmig bei all den Ausgaben der letzten Zeit und der spärlich nachfließenden Mittel.

Ich fuhr auf die Landstraße, die mich zu dem winzigen Ort bringen sollte, in dem Katrin lebte – vorausgesetzt, ich hatte die Karte richtig gelesen und würde mich nicht verfahren. Es war eine kurvige Strecke, die hauptsächlich an Feldern vorbeiführte, hin und wieder aber auch durch ein Dorf oder ein Stück Wald. Hier war ich noch nie zuvor gewesen, aber ich fand die Gegend wunderschön. Es war eine gute Entscheidung gewesen, hierher zu ziehen, auch wenn meine Eltern es immer noch nicht ganz verstehen konnten. Ich sollte nächstes Jahr im Sommer wieder in diese Ecke kommen und ein wenig wandern. Die hügelige Landschaft bot sich geradezu an dafür. Das erinnerte mich an Wilson –

besser gesagt Peter – der mit mir spazieren gehen wollte. Bei dem Gedanken an ihn spürte ich ein seltsames Kribbeln. Ich mochte ihn, das musste ich zugeben. Sogar sehr, stellte ich fest und fragte mich, wie das denn gekommen war. Dann fand ich jedoch Ablenkung in einer Fortsetzung der nächtlichen Grübeleien. Ich wollte zu gern wissen, wovon Weinzierl und Dr. Frey am Vorabend geredet hatten. Gab es da etwas, das Dr. Frey verheimlichte und der Vikar herausgefunden hatte? Möglicherweise bestand eine bisher unbekannte Verbindung zwischen dem Pathologen und Pfarrer Anton Wagner. Ein so bekannter Arzt wie Dr. Frey hatte sicher viel zu verlieren, wenn bekannt wurde, dass er eine Leiche im Keller hatte. Ich schmunzelte bei diesem Wortspiel, das für den unsympathischen Mann wie gemacht schien. Angenommen, der Pfarrer hätte zufällig etwas über ihn herausgefunden – wäre der Arzt kaltblütig genug für einen Mord? Andererseits, würde ein Mann wie Dr. Frey, der tagtäglich mit Leichen zu tun hatte, sich nicht etwas Raffinierteres ausdenken, als den Pfarrer einfach zu erschlagen und die Treppe hinunterzustoßen? Aber es wäre auch möglich, dass es eine spontane Tat war, die nicht geplant wurde. Würde man in der Verzweiflung nicht zum erstbesten Mittel greifen?

Das Ortsschild zeigte mir, dass ich am Ziel war, und riss mich aus meinen Überlegungen. Beinahe hätte ich es ganz übersehen. Ich verlangsamte und suchte die Straße nach Hausnummern ab. Ohne die gesuchte zu finden, fuhr ich durch den gesamten Ort hindurch und wendete schließlich. Auf dem Rückweg entdeckte ich eine kleine Abzweigung, die mir vorher nicht aufgefallen war und bog ab. Endlich fand ich das Haus der Kleins. Es lag am Ende dieser Straße, etwas abseits von den anderen Häusern. Es war unschwer als Bauernhaus zu erkennen, umgeben von einer niedrigen Mauer und mit mehreren Gebäuden auf der Rückseite, von denen ich annahm, dass es Ställe und eine Scheune sein müssten. Ich stellte das Auto ab, holte Franklin aus dem Kofferraum, der freudig an mir hochsprang und am liebsten gleich in die Felder davongelaufen wäre, klemmte mir den Grund meines Hierseins unter den linken Arm und ging auf die Haustür zu. Hinter dem Haus fing ein

Hund an zu bellen. Franklin kläffte zurück und zerrte an der Leine. Ich klingelte und hoffte, dass der andere Hund festgemacht war. Aber nein, gleich darauf kam er um die Ecke geschossen. Es war eine riesenhafte, gefleckte Dogge. Ich bekam einen heftigen Schreck und wäre am liebsten durch die Tür gekrochen, aber es stellte sich heraus, dass das Ungetier an mir nicht das geringste Interesse hatte. Es stürzte sich auf Franklin. Mechanisch machte ich ihn von der Leine los. Die beiden wurden zu einem Knäuel und jagten sich dann durch den angrenzenden Garten.

Von mir vollkommen unbemerkt war eine junge Frau herausgekommen und starrte überrascht die beiden Hunde an. »Franklin!«, entfuhr es ihr in höchstem Erstaunen und ich erschrak erneut über die unerwartete Stimme neben meinem Ohr. Jetzt erst fiel bei mir der Groschen. Natürlich! Das hier waren ja Verwandte von Pfarrer Wagner. Kein Wunder, dass Franklin sich so aufführte. Die Dogge musste ein Freund von ihm sein und er kannte das alles hier wahrscheinlich bestens.

»Ich hatte keine Ahnung, dass Sie diejenige sind, die Franklin zur Pflege hat«, wandte sich die Frau an mich. »Meine Tante erwähnte nur ganz kurz, dass er zurzeit woanders untergebracht ist.« Sie streckte mir die Hand hin. »Ich bin Katrin. Kommen Sie doch bitte herein.« Ich folgte ihr in den dunklen Hausflur und von dort weiter in ein Zimmer mit einem Tisch und Stühlen drumherum. Hier roch es gleichzeitig muffig und nach frischer Wäsche. Wir setzten uns und sie schenkte mir Mineralwasser ein, das sie offenbar extra bereitgestellt hatte. Sie fragte mich gar nicht, ob ich überhaupt etwas trinken wollte. Ich betrachtete sie. Sie hatte feines dunkles Haar, das glatt in der Mitte gescheitelt war. Dunkle Augen lagen tief in einem blassen, etwas kantigen Gesicht, das aber nicht unangenehm war. Sie war eine sehr zierliche Person mit schmalen Händen und langen Fingern, fiel mir auf, ebenso wie ein energischer Zug um den Mund. Sie war sicher keine einfache Person, aber zäh und gelegentlich mit einem eisernen Willen.

»Bitte, sagen Sie mir ihren Namen noch einmal«, sprach sie mich an.

»Penelope Plank.«

»Und Sie arbeiteten gelegentlich für meinen Onkel?« Ich beobachtete sie genau, aber sie ließ keine Gefühlsregung erkennen.

»Ja, richtig.« Wir schwiegen uns an. Schließlich schob ich ihr das Heft hin. Ich konnte ebenso gut gleich zur Sache kommen.

»Dies ist die Zeitung, von der ich gesprochen habe. Ist das Ihre?« Sie zog sie langsam zu sich heran und blätterte unbeteiligt darin herum.

»Es ist meine.« Sie war nicht geneigt, von sich aus weiterzusprechen. Das schien wesentlich schwieriger zu werden, als ich erwartet hatte.

»Ich habe mir die Fotos angeschaut und irgendwann habe ich Sie erkannt. Auf der Beerdigung kamen Sie mir so bekannt vor, aber ich konnte Sie nicht einordnen. Erst als ich später noch einmal das Heft in den Fingern hatte, kam mir die Erleuchtung.« Ich schlug das Gruppenfoto auf und deutete auf sie. »Sehen Sie? Sie sehen noch fast genauso aus wie damals.« Sie starrte die Aufnahme an. Dabei umklammerte sie ihr Glas. Ich hatte gehofft, dieses kleine Kompliment würde sie zugänglicher machen, aber ich hatte mich offenbar geirrt. Eine Weile überlegte ich, wie ich weiter verfahren sollte, doch sie kam mir zuvor, als ich gerade am Luftholen war.

»Warum wollten Sie mir dieses Heft unbedingt persönlich bringen? Sie hätten es ebenso gut mit der Post schicken können oder meiner Tante geben.« Sie fixierte mich und ich hatte das Gefühl, als könnte sie genau sehen, was in meinem Gehirn vorging. Ich zögerte ein bisschen. Schließlich wusste ich, dass das, was ich wissen wollte, mich eigentlich nichts anging.

»Ihre Tante wollte ich damit nicht belästigen. Das Heft ist durch ein Versehen in meinem Auto liegen geblieben, als ich einige Unterlagen Ihres Onkels zu ihr gebracht habe. Ich weiß, dass sie bei ihrer Schwester wohnt, und da wollte ich sie wirklich nicht mit so einer Lappalie stören. Außerdem – habe ich noch eine Frage dazu.« Sie sagte nichts und wartete, dass ich sie stellen würde. Also tat ich es.

»Wer ist dieser Mann?« Ich tippte auf die entsprechende Person. Sie sah hinunter und wurde noch eine Spur blasser, als sie ohnehin schon war.

»Warum fragen Sie das?«

»Ich bin nicht sicher, aber es könnte sein, dass ich ihn kenne.«

»Das ist unmöglich.« Sie schüttelte den Kopf.

»Wieso?«

»Er ... er lebt nicht hier. Er ist irgendwo im Ausland, wahrscheinlich sogar außerhalb Europas.«

»Er hat doch mit Ihnen zusammen studiert?« Sie nickte und sah für einen Moment sehr traurig aus.

»Haben Sie noch Kontakt zu ihm?«

»Nein.«

»Ist er Missionar oder so etwas?« Sie zuckte mit den Schultern und warf mir einen ungeduldigen Blick zu, der mir zu bedeuten schien, dass sie genug habe und ich endlich gehen sollte. Aber eine letzte Frage musste ich noch stellen.

»Würden Sie mir seinen Namen sagen?« Sie knotete die Finger ineinander.

»Jens Mallinger.« Also doch – ich hatte mich nicht geirrt in der Zuordnung des Namens zum Gesicht. Ich erhob mich.

»Vielen Dank.« Sie stand ebenfalls auf.

»Ich danke Ihnen, dass Sie mir das Heft gebracht haben.« Sie geleitete mich zur Haustür und verabschiedete sich. Die Tür fiel zu. Verdutzt stand ich draußen im Vorgarten und fühlte mich etwas verletzt. So unerwünscht war ich mir selten vorgekommen.

Es bedurfte einigen Zuredens bis Franklin bereit war, mit mir zu gehen, anstatt weiter mit dem Riesenkalb zu spielen. Wir fuhren ein Stück und hielten dann auf einem Parkplatz an, um die schöne Landschaft für einen Spaziergang zu nutzen. Es machte viel Spaß mit Franklin herumzutollen, besonders da das Wetter an diesem Tag herrlich klar und sonnig und die Kälte bei so viel Bewegung schnell vergessen war. Als mein Magen immer lauter und nachhaltiger knurrte, machten wir uns endgültig auf den Heimweg. Ich gestehe es, ich fuhr mal wieder bei einem Drive-in vorbei, bei dem man zum Bestellen nicht mal aus dem Auto steigen muss. Zu Hause schaufelte ich mir das Zeug rein, als wäre ich am Verhungern. Mein Frühstück war immerhin schon Stunden her und ich war sehr früh aufgestanden. Moira war verschwunden. Sicher nutzte sie das herrliche Herbstwetter für einen ausgedehnten Streifzug durch die Gegend. Auf dem Anrufbeantworter waren keine Nachrichten, es gab also nichts Dringendes zu erledigen. Satt und müde ließ ich mich aufs Bett fallen, um ein Schläfchen zu halten.

Es schien, als sollte mir Schlaf nicht vergönnt sein. Offenbar musste jedes Mal, wenn ich versuchte mich zu erholen, jemand unbedingt mit mir sprechen. Diesmal war es Alex, die das Telefon ungefähr zwanzig Mal klingeln ließ, bis ich endlich abhob.

»Ja?«, schnaubte ich ziemlich unwirsch in den Hörer.

»Huch, was ist denn mit dir?«, trällerte Alex.

»Ach du bist's!« Ich gähnte herzhaft.

»Du hast nicht gerade geschlafen, oder?«

»Wie weise du doch bist.« Sie lachte.

»Das kenne ich ja gar nicht von dir! Seit wann hältst du Siesta?«

»Seit ich mitten in der Nacht aufstehe.« Sie lachte.

»Und wie definierst du ›mitten in der Nacht‹?«

»Genügt halb sechs?« Ich gähnte noch mal.

»Okay, ich gebe zu, das ist mitten in der Nacht. Ist dir etwa die Feier gestern nicht bekommen?«

»Doch, doch. Das hatte gar nichts damit zu tun.«

»Hätte mich auch gewundert – bei deinem Alkoholkonsum!« Sie wusste, dass ich quasi gar nichts Alkoholisches zu mir nehme. Außer ... aber egal.

»Und wie geht es dir?«, fragte ich zurück. »Hast du keinen Kater gehabt?«

»Och, es ging so. Aber rate mal, wem es ganz gewaltig schlecht ging heute Morgen. Ach, was sag ich – den ganzen Tag über!«

»Da kommt ja nur einer in Frage: Oliver.«

»Genau ins Schwarze! Was machst du? Kann ich vorbeikommen?«

»Ja, kannst du. Aber ich habe heute Abend eine Verabredung, allzu viel Zeit hab ich also nicht«, warnte ich sie schon mal vor.

»Eine Verabredung? Das möchte ich gleich persönlich hören!« Sie warf den Hörer auf, dass mir das Trommelfell flatterte. In zehn Minuten würde sie vor der Tür stehen. Wie ich sie kannte, hatte sie schon Schuhe und Jacke an, bevor sie meine Nummer wählte.

Tatsächlich klingelte es exakt zwölf Minuten später Sturm, während sie draußen vergnügt dazu kreischte. »Juch-hu-u! Keiner zu Hause?« Ein schneller Blick durch die Gardine bestätigte meinen Verdacht, dass Frau Gerberich schürzenbeflaggt in ihrer Haustür stand, um zu sehen, was diese Ruhestörung zu bedeuten hatte. Ich riss die Tür auf und zerrte Alex herein, bevor meine Nachbarin Gelegenheit hatte, eine ihrer unangenehmen Bemerkungen loszuwerden. Meine Freundin konnte sich gar nicht mehr einkriegen vor lauter Lachen.

»Ich liebe deine Nachbarin!«, stieß sie etwas atemlos hervor.

»Ja, du musst auch nicht neben ihr leben. Deshalb kannst du es dir leisten, mich auf diese Weise dem Untergang zu weihen.« Das Röcheln der Kaffeemaschine drang zu uns heraus.

»Ah, du machst Kaffee! Wie schön.« Alex warf ihre Jacke auf die Garderobe.

»Wenn es mir schon nicht vergönnt ist zu schlafen, muss ich wenigstens dafür sorgen, heute Abend nicht allzu müde zu sein«, antwortete ich und ging hinter ihr her in die Küche.

»Heute Abend. Da wären wir ja schon beim Stichwort.« Alex setzte sich vergnügt an den Tisch und warf eine Tüte auf die Platte, die ich bis dahin nicht bemerkt hatte.

»Was ist denn das?«

»Ich dachte, wenn ich schon so bei dir einfalle, dann könnte ich uns wenigstens etwas zum Essen mitbringen.« Der Inhalt der Tüte stellte sich als Kuchenreste vom vorabendlichen Büffet heraus. Nicht mehr ganz frisch, aber trotzdem noch recht ansehnlich.

Franklin beschnupperte Alex ausführlich und war ganz glücklich, als sie sich entschloss, ihn zu streicheln.

»Das ist also dein Hausgast«, sagte sie.

»Franklin, ja. Kennst du ihn?«

»Klar kenne ich den Hund von Wagners. Sie hatten ihn manchmal bei Ausflügen und Gemeindefeiern dabei. Er war immer der Liebling von allen.« Sie kraulte ihn noch mal hinter den Ohren und wandte sich dann dem Kaffee zu, den ich gerade in die Tassen schenkte.

»Und nun, liebste Penelope, möchte ich hören, was das für ein Rendezvous ist, das du heute Abend hast.« Ich wurde etwas rot.

»Wer sagt denn, dass es ein Rendezvous ist? Ich sagte nur, dass ich eine Verabredung habe. Ich könnte doch genauso gut mit Barbara Hemmerling verabredet sein«, verteidigte ich mich.

»Aber ja, natürlich, da würdest du auf jeden Fall von einer Verabredung reden! Du würdest sagen: Ich treffe mich mit Barbara. Hab ich Recht?«

»Sicher, du hast Recht«, brummte ich. Sie kannte mich einfach zu gut und das nach nur so kurzer Zeit. War ich zu leicht durchschaubar?

»Also?«, forderte sie mich nochmals auf, damit ich nicht vergaß, worüber ich zu reden hatte. Ich goss die Milch betont langsam in meinen Kaffee.

»Ach, das ist wirklich nichts Besonderes. Ich kenne diesen Typ aus dem Buchladen.«

»Aus dem Buchladen?« Sie schaute mich beinahe mitleidig an.

»Ja, da gab es einen kleinen Zwischenfall und darüber sind wir ins Gespräch gekommen.« Sie runzelte die Stirn und hob die Augenbrauen im Ausdruck reiner Skepsis.

»Im Buchladen? Seit wann lernt man im Buchladen junge Männer kennen?«

»Seitdem man da hingeht, nehme ich an. Wenn du öfter etwas für deine Bildung tun würdest, spräche dich vielleicht auch mal jemand an.« Sie beugte sich zu mir herüber.

»Er hat dich also doch angesprochen.« Warum sollte ich ihr

nicht die ganze Geschichte erzählen? Ich tat es und wiederholte quasi jedes einzelne Wort, das wir gesprochen hatten bis zu dem Moment, wo ich den Telefonhörer nach getroffener Terminabsprache aufgelegt hatte.

»Hmhm«, machte meine Freundin, »das ist richtig spannend! Ist er Christ?« Ich hätte schwören können, dass sie das fragen würde.

»Weiß ich nicht – vermutlich eher nicht.« Sie schwieg, aber ich wusste trotzdem, was sie dachte: dasselbe wie ich auch.

»Was ist eigentlich mit diesem Polizisten, der mit dir auf der Beerdigung war?«

Verblüfft fragte ich zurück: »Der Polizist?«

»Ja, du weißt schon, der mit den braunen Haaren und den tollen grünen Augen.« Alex weiß immer, welche Augenfarbe die Leute haben. Mir fällt so was nie auf – na ja, außer bei meiner Buchladenbekanntschaft (blau) und Peter Wilson (grün).

»Was soll denn mit ihm sein?«, fragte ich mit möglichst unschuldiger Miene.

»Pelo, könnte es sein, dass er sich für dich interessiert?« Vor Alex' Augen musste ein Geheimdokument ein offenes Buch sein gegen mein Leben.

»Ich weiß es nicht genau. Könnte sein, ja. Oder auch nicht.« Sie seufzte.

»Eine typische Penelope-Weisheit!« Ich erzählte ihr von dem Hauskreis am Donnerstag, dass ich Wilson eingeladen hatte und wie es verlaufen war. Eine Weile rätselten wir an Sabines Verhalten herum, aber Alex kannte sie nur flüchtig vom Sehen und mir fehlte immer noch eine Eingebung bezüglich meines Vergehens, so dass wir zu keinem Ergebnis kommen konnten. Schließlich musste ich Alex nach Hause schicken, weil es Zeit war, um mich schick zu machen.

Der Blick in den Kleiderschrank stellte mich vor ein großes Problem. Ich hatte mir eingebildet, ich hätte noch diese schöne schwarze Bluse darin hängen, aber alles Suchen nutzte nichts. Ich musste sie bei meinen Eltern liegen gelassen haben, als ich vor ein paar Wochen zu Papas Geburtstag zu Hause war. Außerdem wünschte ich mir genauer zu wissen, was Herr Liebig vorhatte, so dass ich mich entsprechend kleiden konnte. Ich versuchte mir ins Gedächtnis zu rufen, was er an hatte, als wir uns die zwei Mal im Buchladen getroffen hatten. Nicht allzu nachlässig auf jeden Fall. Bei mir gab es Jeans in Hülle und Fülle, in allen Blauschattierungen, aber eigentlich nichts, was für ein Mittelding zwischen lässig-sportlich und elegant-festlich geeignet wäre. Nach langer Qual und mehrmaligem Umkleiden entschied ich mich letzten Endes für ein zartgeblümtes Kleid, das eigentlich eher ein Sommerstück war, und darüber eine graue Strickjacke, die mir meine Mutter vor Jahren gestrickt hatte. Das Garn hatte sogar eine ziemlich edle Ausstrahlung, es schimmerte leicht, wenn Licht darauf fiel. Ich legte ein bisschen Make-up auf und steckte meine Haare zu einem Knoten fest. Was blieb, war die Auswahl der Schuhe und die Suche nach der Handtasche, eine kleine schwarze mit schwarzen Perlchen drauf, ein Erbstück von Großtante Edith. Es gab nur zwei Paar Schuhe, die in Frage kamen: ein Paar flache und ein paar hohe. Ich nahm die hohen, obwohl ich darin kaum laufen konnte.

9

Diesmal musste ich nicht warten, bis ich abgeholt wurde, denn ich war gerade in die Pumps geschlüpft, als es schon klingelte. Franklin kam herbeigetänzelt. Als ich die Tür öffnete (nach einer angemessenen kleinen Wartezeit), war ich doch ziemlich beeindruckt. Herr Liebig hatte seine Haare zu einer ausnehmend schicken Frisur gestylt und sich selbst in einen noblen Wollmantel gehüllt. Was er darunter trug, konnte ich nicht recht sehen, aber es sah nach teuren Marken aus. An den Füßen kleideten ihn schwarze, glänzende Lederschuhe und in der Hand hielt er einen Strauß kleiner, gelber Rosen.

»Für Sie«, sagte er mit einem bezaubernden Lächeln. Ich nahm die Blumen mit Dank entgegen und bat ihn, einen Moment zu warten, damit ich sie in eine Vase stellen konnte. Der Abend konnte heiter werden! Bisher war ich nicht sonderlich nervös gewesen, aber während ich in der Küche hantierte, fühlte ich, wie sich mein Puls deutlich beschleunigte.

»Haben Sie etwas dagegen, wenn wir uns duzen?«, fragte er, als wir im Auto Platz genommen hatten. Als formvollendeter Gentleman hatte er mir die Tür aufgehalten. Während ich neben ihm hergegangen war, war mir aufgefallen, wie groß er war.

»Aber nein, überhaupt nicht«, antwortete ich. Er überragte mich um einen ganzen Kopf. Und ich war nicht sonderlich klein.

»Dass ich Markus heiße, weißt du ja schon. Nur weiß ich noch nicht, wie du heißt.«

»Penelope.« Verwunderter Blick. Diese Reaktion kenne ich zur Genüge.

»Was für ein seltener und schöner Name!« Komplimente, die einem warm werden ließen, konnte er auch noch machen! Ich war mit einem Wunderknaben unterwegs! »Wie eine griechische Göttin.« Aber übertreiben musste er es nicht! Wir fuhren zu einem kleinen Restaurant, das ich noch nicht kannte. Markus hatte einen Tisch reserviert und der Ober führte uns in eine Ecke, die, wenn man es unbedingt wollte, auch als lauschige Nische hätte bezeichnet werden können. Ich wollte jedoch auf keinen Fall annehmen, dass mein Begleiter sich jede erdenkliche Mühe gegeben hatte, das erste Rendezvous zu einem romantischen Highlight werden zu lassen.

Das Restaurant war ganz entzückend. In der Dekoration und Möblierung war es ein wenig dem rustikalen Ambiente einer Scheune nachempfunden, wenn auch die Stühle gar nichts von harten Holzbänken hatten, sondern in typischem Understatement schlicht, dafür aber ausgesprochen bequem waren. Auf den Tischen standen Kerzen, die übrige Beleuchtung des Raumes war leicht gedämpft, so dass es nicht grell oder zu hell wirkte. Louis Armstrong trällerte leise seine angenehmen Jazzmelodien aus den Lautsprechern. Ich nahm an, dass diese gewollt ländliche Atmosphäre der letzte Schrei für teure Restaurants sein musste, denn die Preise lagen weit über dem, was ich normalerweise bereit war, für ein Essen auswärts auszugeben. Ich fragte mich, ob Markus' Brieftasche das vertragen konnte, aber schließlich hatte er dieses Lokal ausgesucht. Er ermunterte mich zu nehmen, was immer ich wollte. Ich ließ mir die verheißungsvollen Beschreibungen der Speisekarte auf der Zunge zergehen – bildlich gesprochen – und konnte mich fast nicht entscheiden, weil alles gleichermaßen appetitlich war. Als der Ober jedoch nahte, tippte ich kurz entschlossen auf die Ente à l'orange. Ich liebe Ente. Markus wählte Roastbeef und wollte mich zu einer Flasche Wein überreden, während der Ober geduldig stehen blieb. Es war ziemlich schwierig, Markus davon zu überzeugen, dass ich keinen mochte, und zwar deshalb, weil es mir wirklich und wahrhaftig nicht schmeckte und nicht etwa, weil ich überzeugte Abstinenzlerin war. Ganz zu schweigen davon, dass ich nach einem halben Liter gegärten Traubensaftes nicht mehr auf meinen eigenen Füßen zur Tür kommen würde. Die leise Stimme, die mir einreden wollte, dass ich mich gerade als entsetzlichen Kulturbanausen outete, würgte ich kurzerhand ab und warf meinem Begleiter ein Lächeln zu.

Er nahm einen Rotwein und bestellte für mich einen Orangensaft. Das passte wenigstens zur Ente à l'orange. Der Ober verschwand wieder, nachdem er mich noch demonstrativ gefragt hatte, ob ich die Sauce lieber ohne Likör wollte, und ich überlegte, worüber wir uns unterhalten könnten. Markus übernahm kurz entschlossen die Führung.

»Penelope ist wirklich ein schöner Name. Passt er zu dir?« Verblüfft ließ ich meinen Blick durchs Lokal schweifen. Was für eine Frage!

»Na ja, ich weiß nicht. Kommt wohl drauf an, wie du dir eine Penelope vorstellen würdest.« Er lächelte und fixierte mich mit seinen blauen Augen.

»Göttlich, anmutig, erhaben, würdig ... und vielleicht ein bisschen schwierig.« Er zeigte seine weißen Zähne, während ich gequält zurückgrinste.

»Es fällt mir schwer, das zu beurteilen. Es ist nicht leicht, über sich selbst treffende Aussagen zu machen«, wand ich mich und beschloss, ihn zu einem anderen Thema zu lenken, ehe er eine vollständige Penelope-Analyse vorschlagen konnte.

»Sagtest du nicht, dass du studierst?« Er nickte begeistert.

»Ja, das stimmt. Ich studiere BWL und Philosophie. Oft höre ich, dass das eine seltsame Kombination sei, aber das kann ich nicht finden. Was ist BWL denn anderes als größtenteils Philosophie? Die ganze Art, wie Unternehmen strukturiert sind und geführt werden, gründet sich auf Philosophie, ebenso wie die Darstellung nach außen und nach innen und die Auswahl der Mitarbeiter, der Führungskräfte etc.« Ich wusste nicht, was ich dazu sagen sollte. Das musste ich mir erst durch den Kopf gehen lassen, bevor ich eine Meinung dazu abgeben konnte. »Darf ich fragen, was du machst?«

»Ich schreibe.« Unsere Getränke wurden serviert.

»Und was schreibst du?« Ich erklärte ihm, wie sich mein Tagesablauf zwischen eigenen Werken und Fremdproduktionen aufteilte, und er war sichtlich beeindruckt.

»Das finde ich toll. Ich habe noch nie eine Schriftstellerin getroffen. Und dass du dich damit selbstständig gemacht hast – alle Achtung, dazu gehört Mut.« Ach ja, ich gebe zu, dass ich mich geschmeichelt fühlte. Er sah mir ganz ernsthaft in die Augen und ich fühlte mein Herz pochen.

Während des Essens – die Ente schmeckte ganz phantastisch, auch ohne Likör in der Sauce – plauderten wir hauptsächlich über Franklin und seine Untaten. Da Markus sich für Hunde interessierte, machte es mir viel Spaß, von meinen Erfahrungen zu erzählen. Er hatte ein charmantes Lachen, das er oft zum Einsatz brachte, wenn ich von meinen Anfängerproblemen als Hundebesitzerin schwärmte, und seine Blicke versenkten sich gelegentlich in meine, so dass ich die ganze Zeit über heiße Wangen hatte und mich ziemlich beflügelt fühlte. Ich vergaß sogar, darüber zu philosophieren, was die Vorliebe für blutiges Steak zu bedeuten hatte. Zum Nachtisch bestellten wir beide Mousse au Chocolat, die herrlich locker war und auf der Zunge verging. Viel zu schnell brachen wir auf und Markus half mir in den Mantel, hielt mir die Tür auf und ließ mich zuerst ins Auto einsteigen. Er war ein vollendeter Kavalier, keine Frage, noch dazu ein gutaussehender – ich hatte wohl bemerkt, wie ihn manche Dame im Restaurant taxiert hatte – mit einem schnittigen Auto. Ich fragte mich, wie er sich als Student dieses Auto leisten konnte, aber dann sagte ich mir, dass er vermutlich viel arbeitete. Und ganz gewiss sah er nach reichen Eltern aus.

»Penelope«, riss er mich aus meinen Gedanken, »ich danke dir für diesen schönen Abend.« Ich errötete, was er zum Glück jedoch nicht sehen konnte.

»Oh nein, ich habe dir zu danken. Es war wunderbar. Ich habe noch nie eine bessere Ente à l'orange gegessen!« Er lächelte mich an, und dann – ja, dann war seine Hand auf meiner Hand und streichelte sie kurz.

»Ich hoffe, wir werden das wiederholen.« Ich war froh, dass er sich wieder auf die Straße konzentrieren musste und sagte nichts. Mir war schummrig zumute und ich wusste nicht, was ich antworten sollte. Wollte ich ihn wiedersehen? Ja. War es klug? Nein.

Ich sehnte mich plötzlich danach, mit Alex zu sprechen, damit sie mich in ihrer unverblümten und treffenden Art in die Realität zurückholen konnte. Er hielt, weil wir vor meinem Haus angekommen waren. Rasch eilte er auf meine Seite, damit er mir die Tür öffnen konnte. Er reichte mir die Hand, um mir aus dem Auto zu helfen, und ich nahm sie gern, denn ich hatte schon vor dem Restaurant Schwierigkeiten beim Aussteigen gehabt. Er hatte Sportsitze im Auto und mit meinem Kleid wollte ich mich nicht allzu undamenhaft herauswinden. Mit seiner Hilfe war es ganz leicht, und kaum stand ich auf meinen beiden Beinen, zog er mich an sich.

»Danke«, hauchte ich und machte mich leicht panisch frei. Er begleitete mich zur Haustür.

»Ich rufe dich an, okay?« Ich nickte.

»Ich habe es ernst gemeint, es war ein sehr schöner Abend. Du bist eine außergewöhnliche Frau, weißt du das?« Verlegen lächelnd sah ich an ihm vorbei, den Schlüssel in der Hand, um möglichst rasch hinter der Tür verschwinden zu können. Er fasste mich unterm Kinn und sah mir tief in die Augen. Langsam kam sein Gesicht näher, aber ich wich zurück, ehe ich herausfinden konnte, ob er mich tatsächlich küssen wollte.

»Gute Nacht«, sagte ich und drehte den Schlüssel im Schloss. Kaum war die Tür offen, als auch schon Franklin seine Nase heraussteckte, um zu sehen, wer ihn besuchen käme.

»Gute Nacht«, sagte auch Markus, tätschelte kurz den Hundekopf und ging mit einem Lächeln davon.

Leider war es bereits nach elf Uhr, also nicht mehr möglich, Alex anzurufen, deshalb blieb mir nur eines, um Ordnung und Klarheit in meine verwirrten Gedanken zu bringen: eine Runde im Garten mit Franklin. Die kalte Nachtluft tat mir gut, auch wenn das geblümte Kleid mit der Strickjacke eigentlich zu dünn war. Ich genoss es zu frieren, denn das war wirklich ein Gegensatz zu dem, was in mir vorging. Völlig im Bann meiner Sehnsüchte und romantischen Träume versuchte ich vergebens, mir einzureden, dass es keinen Grund gab, sich so verliebt zu fühlen und verklärten Schwärmereien nachzuhängen. Ich hatte es doch gewusst, oder? Von Anfang an war es mir klar gewesen, dass Markus ein Frauenheld war, einer, der ein Mädchen wie mich – unwillkürlich verteidigte ich meinen unvernünftigen Gefühlsaufruhr mit einem Zurückziehen in meine jugendliche Naivität – mühelos um den Finger wickeln konnte, und das zweifellos oft genug tat. Natürlich war es schön, umworben zu werden, das Empfinden zu haben, eine begehrenswerte Frau zu sein, und doch – war es das, was ich wollte? Wollte ich mich in eine Beziehung stürzen, die von vornherein zum Scheitern verurteilt war? Aber war sie das denn? Und was wäre so schlimm daran, ein bisschen Lebenslust zu genießen?

»Blödsinn!«, schimpfte ich mich selbst. So war es nicht und das wusste ich genau. Markus war nicht der Mann, mit dem ich eine dauerhafte Beziehung wollte, und etwas anderes kam nicht in Frage für mich. Die Beziehung zu Gott war mir wichtig genug, um sie nicht gefährden zu wollen, und genau das würde ich, wenn ich mich jetzt von meinen pubertären Hormonausschüttungen dirigieren ließe. Ich hatte das einmal ausprobiert und alles, was es mir gebracht hatte, war eine zunehmende Gleichgültigkeit im Glauben und letztendlich die Entscheidung: er oder Jesus. Ich hatte Jesus gewählt, weil ich wusste, dass es das Richtige war, und es nie bereut. Ich wollte das nicht ein zweites Mal durchmachen, denn trotz allem war es keine leichte Zeit gewesen.

Franklin war schon lange fertig und fragte sich, wieso ich immer noch unter dem Baum stand. Schwanzwedelnd schaute er zu mir auf und wollte gestreichelt werden. Ach, du guter Hund! Ich kraulte ihn ein wenig, bevor wir hineingingen. Auf dem Anrufbeantworter waren zwei Anrufe, einer von Weinzierl und einer von Wilson. Was Weinzierl von mir wollte, konnte ich mir überhaupt nicht vorstellen, er hatte auch nichts weiter dazu gesagt, außer, dass er sich noch mal melden wollte. Wilson hatte sich geräuspert und dann angekündigt, dass er am Sonntag bei mir vorbeischaute. Beim Zähneputzen überlegte ich, warum Wilson schon wieder herkommen wollte. Vielleicht würde er seine Ankündigung wahr machen und mit mir und Franklin spazieren gehen? Immerhin war für morgen gutes Wetter angesagt. Oder ging es mal wieder um seinen Fall? Im Bett fiel mir ein, dass ich höchstwahrscheinlich im Sonntagmorgengottesdienst Sabine begegnen würde. So gequält von all den Eindrücken warf ich mich eine gute halbe Stunde von einer Seite auf die andere, ohne eine bequeme Lage oder auch nur die Spur von innerer Ruhe zu finden. Erschöpft döste ich für zwei Minuten ein, wurde aber vom Telefon aufgeschreckt. Wer rief denn bitte nachts um halb eins an? Obwohl es mich brennend interessierte, ließ ich den Anrufbeantworter drangehen, denn ich fürchtete, dass es entweder Weinzierl sein könnte, der keinen Respekt vor meiner Schlafenszeit hatte, oder Markus, der mir noch mal versichern wollte, wie toll der Abend gewesen war und dass er sich nun klar darüber war, dass er unsterblich in mich verliebt sei.

In einem unnatürlichen Wachzustand hörte ich das Band am nächsten Morgen kurz nach sechs ab, weil ich den Kampf um Schlaf aufgegeben hatte. Überrascht stellte ich fest, dass es Katrin war, die angerufen hatte. Sie klang bedrückt, sagte aber nur, dass sie es am nächsten Tag – also wohl heute – wieder versuchen würde. Ich fühlte mich gar nicht gut, für einen Sonntag sogar ausgesprochen missmutig. Mit verwühlten Haaren und in Jogginghose ging ich mit Franklin einmal um den Block, gleichgültig gegenüber dem Eindruck, den ich auf eventuelle Spaziergänger um diese Zeit machen musste, da ich ganz offensichtlich ungewaschen und frisch aus dem Bett mit finsterer Miene frierend über den Gehweg schlurfte. Zu Hause kochte ich einen doppelten Espresso und verdrängte die Sorge, dass mein Koffeinkonsum der letzten Tage meine Magenwände auffressen würde. Nach der zweiten Tasse und einer langen, heißen Dusche fühlte ich mich wenigstens so weit wiederhergestellt, dass ich es wagen konnte, in den Gottesdienst zu gehen, ohne eine dunkle Wolke um mich herum zu verbreiten, die sich unweigerlich auf jeden legen würde, der mir auf fünf Meter nahe kam. Es war aber noch viel zu früh zum Aufbrechen, deshalb kam ich auf die Idee, einen rücksichtslosen Anruf bei Alex zu versuchen. Ihre Mutter nahm ab, munter wie eh und je – ich glaube, sie steht jeden Morgen mit den ersten Vögeln auf – und ging dann weg, um Alex zu holen. Es dauerte eine ganze Weile, bevor sie knurrend den Hörer in die Hand nahm.

»Sag mal, weißt du eigentlich, wie viel Uhr es ist?«

»Ja, es ist kurz nach halb acht.«

»Na toll! Ich brauche meinen Schönheitsschlaf.«

»Du müsstest doch eh gleich aufstehen, also hab dich nicht so.«

»Von wegen, ich hätte noch eine halbe Stunde schlafen können! Ist irgendwas?« Sie gähnte laut und lange.

»Ich wollte dir von meiner Verabredung erzählen.« Schweigen.

»Bist du wieder eingeschlafen?« Lautes Schnaufen.

»Nein, ich warte darauf, dass du anfängst. Um diese Uhrzeit kann ich noch keine kommunikative Höchstleistung bieten.« Dass sie diesen Satz ohne Versprecher herausgebracht hatte, zeugte eigentlich vom Gegenteil. Ich berichtete ihr von meinen Abenteuern, einschließlich meines Verdachts, dass Markus auf dem besten Wege war, mich zu küssen. Wieder Schweigen.

»Hallo?«, fragte ich schließlich ein bisschen genervt.

»Pelo, ich glaube, du spinnst.« Jetzt war ich eingeschnappt.

»Ach, und wieso?«

»Wer sich in Gefahr begibt, der kommt darin um.« Typisch Alex, immer einen guten Spruch auf den Lippen.

»Danke für deine Unterstützung!«

»Jetzt sei nicht beleidigt. Was willst du denn von mir hören?« Ich schmollte und sagte nichts.

»Willst du vielleicht, dass ich dir sage, du sollst dich wieder mit ihm treffen und deinen Gefühlen freien Lauf lassen?« Natürlich nicht.

»Ich kann dir nur sagen: Lass es! Schick den Kerl in die Wüste und konzentriere dich auf deine Arbeit!« Danke, das war das, was ich mir erhofft hatte: ein klares Kontra.

»Und was sage ich ihm?«

»Das weiß ich auch nicht. Bete halt darüber.«

»Ja, das werde ich wohl machen. Sag mal, wer predigt denn heute bei euch?«

»Ich nehme an, der Vikar. Ist ja sonst keiner da.« Weinzierl also. Was er wohl sagen würde? Musste komisch für ihn sein, jetzt ganz allein die Verantwortung zu tragen, bis ein neuer Pfarrer gefunden war. Wir verabschiedeten uns und ich war wieder versöhnt.

Da ich immer noch reichlich Zeit hatte, bis ich mich auf den Weg zur Gemeinde machen musste, tat ich das, was mir das Sinnvollste schien: Beten. In epischer Breite schüttete ich Gott mein Herz aus und erzählte ihm alle Einzelheiten meines Gefühlsdurcheinanders. Nach einer halben Stunde hatte ich zwar keine Befreiung von meinen Emotionen erhalten – was wahrscheinlich auch nicht erstrebenswert war – doch ich fühlte mich sehr viel besser, hatte meinen inneren Frieden wiedergefunden und sah einen Weg vor mir, den ich gehen wollte. Nach einem dritten Espresso fuhr ich leicht zitternd durch die sonntäglich leeren Straßen. Mit dem Auto brauchte ich etwa fünfzehn Minuten, bis ich bei meiner Gemeinde war. Wir hatten ein hübsches Haus mitten in einer Wohnsiedlung, was leider gelegentlich zu Unruhe unter den Nachbarn führte, wenn diese sich durch unsere Gesänge gestört fühlten, aber ansonsten war es eine angenehme Umgebung mit reichlich Parkmöglichkeiten. Das ist wichtig für einen Autofahrer! Ich stellte meinen vierrädrigen Freund auf der gegenüberliegenden Straßenseite ab, verschloss die Tür, atmete tief durch und stakste schließlich los, um dem Löwen in den Rachen zu greifen.

Ich kam in die Eingangshalle, wo sich bereits eine Menge Leute tummelten. Obwohl ich noch nicht alle kannte, streckten sich mir gleich etliche Hände entgegen, die frohgemut geschüttelt werden wollten. Wolfgang und Heidi schwenkten von der Auslage mit evangelistischer Literatur weg zu mir herüber.

»Guten Morgen, Penelope«, rief Heidi und umarmte mich. Wolfgang drückte meine Finger.

»Hallo, wie geht's?«, entgegnete ich und schaute an ihnen vorbei in Richtung Saal.

»Du, tut mir echt Leid wegen Donnerstag«, fing Wolfgang an, aber ich unterbrach ihn.

»Ist schon okay, wirklich. Ich werde mal sehen, ob ich Sabine finde. Vielleicht kann ich ja mit ihr reden.« Heidi schüttelte den Kopf.

»Ich weiß nicht, ob sie kommt. Sie sagte was von einem Termin heute früh.«

»Wie fand denn dein Gast den Hauskreis?«, wollte Wolfgang wissen.

»Fand er das nicht befremdlich, was da los war?«

»Nein, ich glaube nicht. Er hat sich eigentlich recht positiv geäußert.« Er wirkte erleichtert.

»Na, vielleicht kommt er ja mal wieder mit.« Heidi und ich nickten. Ich hatte keine Vorstellung davon, ob Wilson derartige Ambitionen haben könnte. Wir gingen rein und setzten uns in eine der mittleren Reihen. Der Gottesdienst begann mit einer Zeit des Singens und Betens, aber ich hatte Schwierigkeiten, mich zu konzentrieren. Ich war hauptsächlich damit beschäftigt, herumzuschauen und jeden Moment Sabine zu erwarten. Ich wurde nicht enttäuscht: Mit guten zehn Minuten Verspätung kam sie herein und setzte sich ganz hinten in die letzte Reihe. Ich schaute schnell woanders hin, damit sie nicht etwa den Eindruck bekam, ich würde sie beobachten.

Der Pastor predigte passenderweise über Frieden. Von Anfang bis Ende fühlte ich mich ganz schrecklich angesprochen und wäre am liebsten unter dem Stuhl im Boden versunken. Immer mehr Dinge fielen mir ein, wo ich mich nicht genügend um Frieden bemüht hatte. Am Ende der Predigt fühlte ich mich regelrecht ausgelaugt und stimmte nur zaghaft in den Abschlusschorus »Friede mit Dir« ein. Nicht nur Sabine waberte durch mein Gehirn, auch Frau Gerberich. Offenbar wollte Gott mir etwas dadurch sagen, dass meine Nachbarin nun schon zum zweiten Mal im Zusammenhang mit Frieden in meinen Assoziationen auftauchte. Nach dem letzten Amen kämpfte ich mir meinen Weg durch die Besucher, die jetzt natürlich auch alle aufgestanden waren und nach draußen wollten. Als ich es endlich zur hinteren Reihe geschafft hatte, war Sabine verschwunden. Ich sah draußen nach, an der Garderobe, vor dem Gebäude, fragte noch ein paar Leute, ob sie sie gesehen hätten, aber zuletzt gab ich es auf. Es würde wohl auf einen Anruf von mir bei ihr hinauslaufen. Müdigkeit überkam mich, als ich mich hinters Steuer setzte.

10

Den ganzen Heimweg über hatte ich mich meinen trüben Gedanken hingegeben, die die Predigt in mir wachgerufen hatte. Ich fühlte mich wie ein Versager, weil ich so oft mit Leuten aneinander geriet, und war dabei, in einem Meer aus Selbstmitleid zu versacken. Doch mit einem Schlag war ich wieder bei mir und hellwach, weil nämlich Sabine auf meinem Gartentürchen saß und offensichtlich auf mich wartete. Als sie mich kommen sah, erhob sie sich. Ich parkte meinen Wagen und stieg aus. Sie kam auf mich zu und mir fiel auf, dass sie nicht gut aussah. Bleich war sie und ihr Haar stand strubbelig von ihrem Kopf ab. Ihre ganze Haltung wirkte resigniert.

»Penelope, gut, dass du kommst. Ich wusste nicht, ob du nach dem Gottesdienst gleich nach Hause fahren würdest.«

»Ich wollte mit dir sprechen, aber du warst so schnell weg.«

»Ja, ich bin ein bisschen früher gegangen.« Sie sah mir zu, während ich den Schlüssel hervorkramte und die Haustür öffnete.

»Kann ich mit reinkommen?«, fragte sie mit einem Unterton, der mich vermuten ließ, dass sie gleich anfangen würde zu weinen.

»Ja, sicher«, antwortete ich und ließ sie eintreten. Franklin bellte zwei Mal erfreut und im Hintergrund sah ich Moira die Treppe hochhuschen und im Schlafzimmer verschwinden. Manchmal ist sie wirklich ungesellig.

Ich hängte unsere Jacken auf und ging mit Sabine ins Wohnzimmer, um den Kamin anzuzünden. »Möchtest du etwas trinken?« Sie nickte. »Kaffee?« Sie nickte wieder und ich setzte die Kaffeemaschine in Gang, nachdem das Feuer brannte. Dieser Tag würde eine Woche Koffeinabstinenz erforderlich machen! Sabine blieb vor dem Kamin stehen und starrte eine Weile reg- und wortlos in die Flammen. Ich ließ sie dort in Ruhe verweilen und sich sammeln, während ich mir beim Tassenholen und Kaffeeeinschenken überlegte, wie ich mich verhalten, was ich sagen und was verschweigen sollte. Es war schwierig zu entscheiden, welcher Weg der beste wäre, denn ich kannte Sabine nicht gut. Wir waren nun seit ein paar Wochen im selben Hauskreis, ich wusste, dass sie die Kekse, die sie für uns alle spendete, selbst backte und das offensichtlich sehr gut beherrschte. Darüber hinaus wusste ich, dass sie – wie ich – ein Einzelkind und in einer Anwaltskanzlei Sekretärin war. Sie war stets gut gekleidet – nicht so wie ich immer in Jeans und alten Pullis, sondern richtig schick – und alles in allem war sie eine sympathische Erscheinung mit ihren kurzen, blonden Haaren und der kleinen runden Brille, die ihr einen intellektuellen Touch gab.

»Milch oder Zucker?« Sie stand immer noch an derselben Stelle.

»Nein, danke. Ich trinke ihn schwarz.« Die Schwarztrinkerfraktion nahm zu. Zum Ausgleich nahm ich doppelt so viel Milch wie sonst und hatte dann einen lecker lauwarmen Milchkaffee. Ich dachte, das sei ich meinem geduldigen Magen schuldig.

Ich setzte mich in einen Sessel und wartete. Schließlich drehte sie sich um und ging mit hängenden Schultern zum anderen Sessel, in den sie sich mit einem Seufzen fallen ließ.

»Penelope«, fing sie an, »ich weiß nicht recht, was ich sagen soll. Es tut mir so Leid ...« Weiter kam sie nicht, ohne ein Taschentuch hervorzuholen und sich die Tränen abzuwischen. »Ich weiß, dass ich mich mies verhalten habe ...« Sie schluchzte. Völlig ratlos wollte ich sie beruhigen.

»Sabine, das macht doch nichts, wirklich nicht.« Doch sie ließ sich nicht stoppen. Offenbar hatte sie sich genau zurechtgelegt, was sie sagen wollte, und davon ließ sie sich nicht abbringen.

»Es ist nur ... (schluchzen) ... ich war auf einmal so überwältigt und so entsetzlich frustriert ... (Schnäuzen) ... als du da mit diesem Mann kamst. Irgendwie läuft bei dir immer alles so gut, du machst, was dir Spaß macht, du bist beliebt, du siehst gut aus und es fällt dir so leicht, Männer für dich zu interessieren ... (erneutes Schluchzen) ... und ich ... ich ...« Ihre Stimme kippte weg und verschaffte mir für einen Moment Gelegenheit zu begreifen, was sie da sagte. Sie hatte einen ganz falschen Eindruck von mir oder etwa nicht? Ich und beliebt? Ich und leicht fallen, Männer für mich zu interessieren?? Ich und gut aussehen??? Und das von Sabine, die aussah wie aus einem Modemagazin? Irgendwas lief da gewaltig schief! Sie sprach weiter.

»Ich muss es dir sagen: Ich war so neidisch, ich war so wütend auf dich. Ich war schon die ganze Zeit neidisch, aber ich wusste es nicht. Ich dachte, ich könnte dich nicht richtig leiden, weil du nicht auf meiner Wellenlänge liegst oder was auch immer. Richtig arrogant konnte ich dich ja auch nicht nennen und das hat mich dann wieder geärgert. Aber heute Morgen hab ich es erkannt, dass es Neid ist. Primitiver und erbärmlicher Neid! Es tut mir so Leid, Penelope, wirklich. Ich hoffe, du kannst mir vergeben.« Nach diesem Plädoyer wurde sie erneut von einer Tränenwelle überschwemmt.

Ich meinte es wirklich nicht böse, als ich dachte, dass mir das gerade noch gefehlt hatte – eine heulende Sabine in meinem Wohnzimmer, und das, wo mir selbst ohnehin nicht gerade ausgeglichen zumute war. Ich dachte es nur deshalb, weil ich fühlte, wie mich ihre Worte und ihr Anblick tief bewegten und weil ich wusste, dass meine eigenen Tränen nicht mehr weit sein konnten. Und tatsächlich, nachdem sie mich um Vergebung gebeten hatte, war es um mich geschehen. Ehe ich recht wusste, was ich tat, war ich bei ihr und umarmte sie, und gemeinsam schluchzten wir, bis wir unseren Wasservorrat restlos aufgebraucht hatten. Ich wusste, wie mein Gesicht nach einer solchen Heulorgie aussah, nämlich rot und geschwollen, aber Sabine gehörte zu den glücklichen Menschen, die nur eine kleine gerötete Nase bekommen und deren Augen hinterher klarer aussehen als vorher. Und doch war sie eine tief unglückliche Frau, wie mir nun klar war. Sie putzte sich noch mal die Nase, nahm ihre Tasse und trank den Kaffee auf einen Zug weg. Dann lächelte sie mich verlegen an.

»Sorry, ich bin normalerweise nicht so unkontrolliert.«

»Unkontrolliert?« Die Wortwahl hätte von mir sein können, wenn ich an ihrer Stelle gewesen wäre.

»Na ja, du weißt schon, dass ich mich überhaupt nicht mehr beherrschen konnte. Ich hab mir das auch anders vorgestellt. Eigentlich wollte ich dir die Hand geben und einfach sagen ›Tut mir Leid‹. Aber es hat mir richtig den Boden unter den Füßen weggerissen.«

»Solche Ausbrüche können aber auch gut tun«, erklärte ich weise und schalt mich insgeheim für meine steife Altklugheit. Doch Sabine nickte, lächelte und entgegnete:

»Ja, das stimmt. Es geht mir viel besser. Und ich glaube, so war es richtig. Echt und hundertprozentig.«

Nach einer kleinen Pause, in der ich angestrengt meine Zehen fixierte und überlegte, wie ich meine Frage formulieren sollte, wagte ich einen Vorstoß. »Wie hast du das eigentlich gemeint, als du sagtest, bei mir liefe immer alles so gut? Hast du wirklich diesen Eindruck?« Sie knüllte das Taschentuch in den Händen.

»Ja, diesen Eindruck habe ich. Ich weiß natürlich, dass du auch ein Mensch bist, der seine Probleme hat, aber wenn ich dich mit mir vergleiche, dann sehe ich nur, dass du alles so leicht geregelt bekommst, während ich mich bei jeder Schwierigkeit fühle, als stünde ich vor einem Riesenberg und den Eindruck habe, als klappte in meinem Leben überhaupt nichts. Meine Arbeit macht mir keinen Spaß, wenn ich in den Spiegel sehe, dann fällt mir nur auf, was ich nicht an mir mag, und dann denke ich wieder, dass ich nur modische Kleidung trage, um von meinem Körper abzulenken. Dann sehe ich dich, so natürlich und ungekünstelt und ich bewundere dich für dein Selbstbewusstsein. Ich fühle mich auch oft einsam. Es fällt mir schwer, Freunde zu finden, meine Eltern leben nicht mehr und Geschwister hab ich auch keine.«

»Und was war das mit Wilson?«

»Ach das.« Sie errötete.

»Im Grunde nichts. Er hat mir gleich gefallen, aber dann habe ich gesehen, wie er dich anschaut ...« Hoppla.

»Wie hat er mich denn angeschaut?«

»Verliebt, würde ich sagen.«

»Verliebt?« Ich war fassungslos. Okay, ich hatte in Erwägung gezogen, dass er mich nett fand, aber verliebt? Niemals!

Sabine trank eine zweite Tasse Kaffee auf ex – natürlich

schwarz –, sah auf die Uhr und sprang auf. »Tut mir Leid, aber ich muss gehen. Ich habe noch was vor.«

»So?«, entgegnete ich wenig intelligent.

»Schade eigentlich, wo wir uns gerade etwas näher gekommen sind.«

»Ja, das stimmt.« Sie umarmte mich und ich sagte ihr ins Ohr: »Ich glaube, wir könnten ganz gute Freundinnen sein. Wir sind uns ziemlich ähnlich, auch wenn du das im Moment noch anders siehst.« Sie lachte und drückte mich.

»Wo ist denn dein Hund? Und hast du nicht auch eine Katze?«

»Die Katze hat sich nach oben verdrückt und wo Franklin ist, weiß ich auch nicht. Seltsam eigentlich, dass er sich hier nicht blicken lässt. Normalerweise weicht er keinen Schritt von Besuchern, die ihn streicheln könnten.« Hoffentlich hatte er nichts angestellt. »Wir sollten uns mal treffen und was zusammen machen«, schlug ich vor. »Wie wäre es zum Beispiel mit Kino? Oder einfach was trinken gehen?«, schob ich schnell hinterher, weil mir einfiel, dass Kino dieser Tage ein teurer Spaß war.

»Ja, sehr gern. Ich ruf dich morgen an, dann können wir was ausmachen.« Sie winkte noch ein letztes Mal und eilte davon, wesentlich fröhlicher als sie gekommen war. Und ich war auch froh, ausgesprochen froh, dass sie gekommen war, dass sie es mir leicht gemacht hatte, ihr zu verzeihen, und dass ich sie jetzt ein bisschen besser verstehen konnte. Ganz zu schweigen davon, dass die Spannung zwischen uns beseitigt war und wir einander wieder in die Augen blicken konnten.

Befreit atmete ich einmal tief durch, ehe ich mit einem »Danke, Herr« die Tür schloss und mich auf die Suche nach Franklin machte. Weit konnte er nicht sein, aber mein Rufen hatte keinen Erfolg, er bellte nicht einmal. Ich trug die Tassen und die Kaffeekanne in die Küche und da bemerkte ich mit Schrecken, dass die Tür zum Garten offenstand. Hoffentlich war Franklin nicht abgehauen! Draußen rief ich ihn ein paar Mal, ehe er sich aus der hintersten Ecke meldete. Ich fand ihn mit der Schnauze tief im Erdreich vergraben und eifrig buddelnd unter einem Haselstrauch.

»Sag mal, bist du übergeschnappt?«, fuhr ich ihn an, mehr verärgert über den Dreck, der in seinem Fell klebte, als über das Loch im Boden. Ich packte ihn am Halsband und zog ihn mit mir in Richtung Haus. Als wir das Rosenbeet passierten, fielen mir ein paar frische Erdhaufen ins Auge, die der hübsche und liebe Golden Retriever während meiner Unterhaltung mit Sabine hingebungsvoll zusammengescharrt hatte. Kein Wunder, dass wir nichts von ihm gesehen oder gehört hatten! Franklin würde sicher bald zum Ehrenvorsitzenden der Maulwurfvereinigung ernannt!

Ungeduldig wartete ich auf einen Anruf von Katrin, während ich Nudeln kochte. Es hatte keiner abgenommen, als ich es bei ihr versucht hatte, also musste ich wohl warten, bis sie sich wieder meldete. Gleichzeitig hoffte ich, dass sich Herr Weinzierl umentschieden hatte und sich nicht mehr mit mir in Verbindung setzen wollte. Der Vikar war mir irgendwie unangenehm und ich wollte so wenig wie möglich mit ihm zu tun haben. Franklin war wieder sauber, was mich eine halbe Stunde mit ihm im Badezimmer gekostet hatte, und dann noch mal zwanzig Minuten ohne ihn, um das Bad sauber zu machen. Entweder stellte ich mich besonders dumm an oder Hunde machten einfach eine Menge mehr Arbeit, als man erwarten würde. Vielleicht lag es aber auch an Franklin, der eine außergewöhnliche Gabe dafür hatte, jedes Schmutzloch aufzuspüren, das in einem Umkreis von ein paar Kilometern zu finden war. Immerhin hatte ich herausgefunden, dass Retriever Wasser lieben. Galt das auch für Schlamm, Schlick und Erdlöcher? Er saß neben mir in der Küche und sah mir dabei zu, wie ich Tomatensoße aus einem Glas in einen kleinen Topf schüttete. Nudeln mit Soße war sicher kein spektakuläres Essen, aber immerhin warm und sättigend. Allerdings war das auch so eine Sache, die ich meiner Mutter besser nicht mitteilte. Über meine Kochkünste sprachen wir nicht oft, aber ich hatte den Eindruck, dass sie sich stillschweigend der Hoffnung hingab, dass ich mich vernünftig ernähren würde und jeden Tag eine warme Mahlzeit hatte. Diesen Traum wollte ich ihr nicht zerstören.

Franklin folgte mir auf dem Fuß, als ich mit einem vollbeladenen Teller hinüber ins Wohnzimmer ging, um dort in meinem Lieblingssessel sitzend zu essen. Nach einer Weile gab er es allerdings auf, jedem Bissen auf seinem Weg in meinen Mund mit hungrigen Augen zu folgen und legte sich zu einem Nickerchen hin. Ich machte den Fernseher an und schaute eine Weile einer fünfköpfigen Familie dabei zu, wie sie versuchte, ihre Alltagsprobleme mit lauter flachen Witzen zu lösen.

Als Nächstes konnte ich mich nur erinnern, dass ich mit einem Ruck zu mir kam, als mir die Fernbedienung aus der Hand rutschte und auf den Boden fiel. Na so was, ich musste wohl eingeschlafen sein! Neben mir auf dem Tischchen stand der Teller. Ich konnte mich nicht einmal erinnern, dass ich ihn dort abgestellt hatte. Als ich gähnend auf die Uhr sah, stellte ich fest, dass ich fast eine Stunde geschlafen hatte. Es war höchste Zeit für Franklin, seinen Rundgang draußen zu machen. Ich schubste ihn sanft mit dem Fuß an, um ihn aufzuwecken, stellte den Fernseher ab, quälte mich benommen aus dem Sessel und trug den Teller in die Küche, wo ich ihn in die Spüle stellte und hoffte, dass irgendjemand vorbeikommen würde, um das Geschirr zu spülen, während ich unterwegs war.

Leider hatten wir das Pech, Frau Gerberich in die Arme zu laufen, die anscheinend vor ihrem Haus auf der Lauer gelegen hatte. »Fräulein Plank, ich habe heute ihren Hund dabei beobachtet, wie er im Garten gegraben hat. Ich kann nur hoffen, dass Sie genau aufpassen, wo er diese Unart auslebt; ich möchte ihn auf keinen Fall dabei erwischen, wie er sich an meinen Pflanzen vergeht!« Eigentlich war das nicht möglich, denn unsere Gärten waren durch einen Zaun voneinander getrennt. Es war, als hätte sie meine Gedanken gelesen. »Auch in der Nähe des Zauns wäre es fatal, wenn er dort ein Loch machen würde. Das wäre ganz und gar schlecht für die Pflanzen, die dort wachsen. Und außerdem, falls ich ihn auch nur einmal auf meinem Grund und Boden oder allein auf der Straße beobachte, werde ich das Tierheim anrufen!« Sie beäugte mich mit geweiteten Nasenflügeln, um zu sehen, wie ich auf diese Androhung reagieren würde. Ich wusste kaum, was ich sagen sollte, aber auf jeden Fall fing ich an, mich gewaltig zu ärgern. Sie hatte noch nicht einmal guten Tag gesagt, sondern sofort angefangen, auf mich einzuschimpfen. Ich biss mir auf die Lippen, um nichts Falsches zu sagen, und machte Anstalten, weiterzugehen.

»Moment, ich bin noch nicht fertig!« Sie hätte mich fast am Arm gepackt. Franklin, der in einem solchen Augenblick doch wirklich ein tiefes Knurren zu meiner Verteidigung hätte erklingen lassen können, setzte sich geduldig hin und wedelte mit dem Schwanz. Mit heraushängender Zunge grinste er meine Nachbarin an. »Es ist eine Schande, dass Sie sich jetzt auch noch einen Hund halten müssen. Als ob diese streunende Katze nicht schon genug Schaden anrichten würde! Sie wissen, dass Sie die Pflicht haben, den Dreck, den diese Tiere machen, wegzuräumen! Ich werde nicht zögern, die Polizei anzurufen, falls Sie sich in dieser Angelegenheit nachlässig zeigen.«

Frau Gerberich rückte ihren Mantel zurecht. Ich dachte an den Gottesdienst und den hartnäckigen Eindruck, dass ich mich um Frieden mit ihr bemühen sollte. Aber wie? Ich war ratlos und fing obendrein an zu frieren, da ich nur bewegungslos herumstand und nicht wusste, was ich tun sollte. Was konnte ich dieser keifenden, verbitterten Frau sagen? Ich wartete auf eine Eingebung, auf den ultimativen Satz, der sie vor Staunen verstummen lassen würde. Währenddessen redete sie weiter auf mich ein.

»Haben Sie überhaupt schon bemerkt, dass die Farbe an ihrem Gartenzaun abblättert? Es ist höchste Zeit für einen neuen Anstrich und vermutlich müssten sie auch den einen oder anderen Pfosten erneuern. Wenn mich nicht alles täuscht, neigt sich der Zaun zunehmend zu meinem Grundstück hinüber und das ist absolut nicht akzeptabel.« Die Eingebung blieb aus. Als sie tief Luft holte, ergriff ich die Gelegenheit.

»Frau Gerberich, ich muss wirklich gehen. Der Hund muss unbedingt seinen Auslauf haben und ich bin sicher, dass er dringend aufs Klo muss.« Sie starrte mich erschrocken an. War es der Gedanke daran, dass Franklin hier vor ihren Augen seinen Bedürfnissen auf ihrem Gehweg nachkommen könnte, oder die Tatsache, dass ich mich so unverblümt ausgedrückt hatte? Was es auch war, für dieses Mal schien sie die Waffen zu strecken und mich entlassen zu wollen.

»Fräulein Plank«, sagte sie mit allem Nachdruck, zu dem sie noch fähig war, »Ihre Höflichkeit und Ihre Umgangsformen lassen sehr zu wünschen übrig. Schon Ihre Großtante war so nachlässig, dass ich nicht gedacht hätte, dass ihr darin jemand das Wasser reichen könnte. Sie scheinen ihr nicht nur nacheifern, sondern sie auch noch darin übertreffen zu wollen. Sehr bedauerlich!« Damit drehte sie sich um und eilte ihrer Haustür entgegen. Ich fühlte mich wirklich außerordentlich niedergeschlagen, als ich mit Franklin weitertrottete. Es war schlicht und einfach unmöglich, mit dieser Frau eine normale Unterhaltung zu führen. Sie machte mir nichts als Vorwürfe und ich brachte nichts als die dämlichsten Kommentare heraus, sobald sie damit anfing. Wie sollte unser Verhältnis jemals besser werden?

Immer noch niedergeschlagen, wenn auch nicht mehr so sehr, kam ich mit Franklin zurück nach Hause. Ich hatte darauf geachtet, dass er sich nicht wieder von oben bis unten mit Schlamm und Schmutz eindeckte, was dazu geführt hatte, dass es den einen oder anderen Kampf darum gab, wer mehr Rechte an seinem Ende der Hundeleine hatte, aber schließlich hatte er klein beigegeben. Ich rief bei Alex an, um zu hören, wie es in ihrem Gottesdienst gewesen war, doch sie hatte nicht viel Zeit, um mit mir zu sprechen, weil sie lernen wollte. Ich fragte sie nach der Predigt.

»Ach, es ging so. Der Vikar hat über Gericht und Buße geredet, ich habe keine Ahnung, was er damit sagen wollte. Vielleicht wollte er ja demjenigen, der den Pfarrer umgebracht hat, ins Gewissen reden.«

»Hast du mit ihm gesprochen?« Alex schnaubte.

»Liebe Zeit, nein! Wenn es sich irgendwie machen lässt, gehe ich ihm aus dem Weg. Zum Glück hatte er gar keine Zeit, nach mir

Ausschau zu halten. Jetzt, wo er alleine für die Gemeinde zuständig ist, wollen alle mit ihm sprechen. Er hat es nach dem Gottesdienst kaum zur Tür geschafft, um die Leute zu verabschieden. Das scheint ihm aber ganz gut zu gefallen, er hat jeden angestrahlt, der ihm in die Quere kam.« Ich nagte auf meiner Lippe herum.

»Gibt es etwas Neues über den Mord?«

»Nicht, dass ich wüsste. Aber müsstest du das nicht besser wissen? Du hängst doch dauernd mit diesem Kommissar herum.« Ich schüttelte den Kopf. Jeder schien mir bezüglich Peter Wilson etwas einreden zu wollen.

»Das stimmt doch gar nicht ...«, erklärte ich lahm. Alex lachte. Dann erzählte ich ihr noch von Sabines Besuch, bevor sie bedauernd auflegen musste. Natürlich hätte sie noch länger reden können, aber sie hatte sich in den Kopf gesetzt, unbedingt den Sonntag mit Lernen zu verbringen, und davon war sie nicht abzuhalten. Wieder schüttelte ich den Kopf und ging in die Küche, um den Tieren frisches Wasser zu geben. Und da ich nichts Besseres zu tun hatte, machte ich mich gleich danach ans Abspülen.

Als ich noch lustlos mit den Händen im Spülwasser planschte, klingelte es an der Tür und herein kam der Vikar, nachdem ich mit einem kleinen, lautlosen Seufzen geöffnet hatte, und machte meine vage Hoffnung, dass er mich vergessen hätte, vollends zunichte.

»Guten Tag, Frau Plank, ich hoffe, ich komme nicht ungelegen.« Er wollte im Grunde keine Antwort, denn er kam herein und entledigte sich unaufgefordert seines Mantels, bevor er mit neugierigen Blicken den Flur entlang an der Küche vorbei ins Wohnzimmer spazierte. Franklin, der völlig erschöpft von seinen Aushubarbeiten und dem Spaziergang nebst Tauziehen mit mir vor dem Kamin geschlafen hatte, stand auf, reckte sich, gähnte mit weit aufgerissenem Rachen und stakste dann auf den Besucher zu. Er wedelte einmal hin und einmal her, dann ging er in eine andere Zimmerecke, wo er sich wieder hinfallen ließ.

»Franklin ist ein so lieber Hund!«, sagte der Vikar, ehe er sich setzte. Ich fragte, ob ich ihm etwas zu trinken bringen könnte, und er orderte einen Apfelsaft. Dann saßen wir uns gegenüber, ich wortlos, genervt und verlegen, er lächelnd und salbungsvoll den Kopf schwenkend.

»Sie haben ein wunderschönes Haus, wenn ich das so sagen darf«, fing er an.

»Danke sehr. Das höre ich öfter. Meine Großtante hatte einen guten Geschmack.«

»Aha, das ist das Haus Ihrer Großtante?«

»Es war ihr Haus. Sie hat es mir vererbt, als sie vor ein paar Jahren starb.«

»Oh, das tut mir Leid.« Er beugte sich betroffen in meine Richtung.

»Das konnten Sie ja nicht wissen. Außerdem habe ich sie kaum gekannt.« Wenn er nur endlich sagen würde, was er von mir wollte. Gerade öffnete er den Mund und holte Luft, als das Telefon klingelte. Ich stand auf und ging in den Flur, wo der Apparat stand, aber kurz vor der kleinen Kommode fiel ich über Moira, die offenbar gerade von oben heruntergekommen war und sich dort hingesetzt hatte, um zu sehen, wer der Besucher war. Ich stürzte halb auf die Kommode, halb suchte ich etwas zum Festhalten, riss den Telefonhörer herunter, gefolgt vom restlichen Telefon, und bekam endlich das Treppengeländer zu fassen, das mich davor rettete, mit dem Gesicht nach unten auf dem Boden zu landen. Moira floh fauchend die Treppe hinauf, wo sie sich mit gesträubtem Fell unter einer Kommode niederließ. Ich hob den Hörer auf und sagte: »Hallo?«, aber die Verbindung war unterbrochen. Noch etwas wacklig auf den Beinen ging ich zurück zu Herrn Weinzierl, nachdem ich alles aufgehoben und wieder an seinen Platz gestellt hatte.

»Ist Ihnen etwas passiert?«, fragte der Vikar besorgt.

»Nein, nein, alles in Ordnung«, erwiderte ich, während ich mich wieder setzte und vorsichtig die Knie durchdrückte, die ein bisschen schmerzten.

»Warum ich hier bin«, hob mein Besucher noch einmal an. »Ich habe den Verdacht, dass Sie etwas haben, das eigentlich mir gehört.« Verblüfft starrte ich ihn an.

»Wie kommen Sie darauf?« Was konnte er meinen?

»Ja, sehen Sie, ich glaube nicht, dass das Absicht von Ihnen war, aber Sie haben doch neulich diese Kisten zu Frau Wagner gebracht.« Ich nickte. »Wahrscheinlich wusste die Polizei nicht, dass das nicht dazugehörte, sondern meines war, auf jeden Fall haben sie es in einen dieser Kartons gesteckt und wegbringen lassen.« Ich hatte immer noch keine Ahnung, was er meinen konnte. Doch halt, tatsächlich hatte ich ja etwas besessen, das aus einer der Kisten gefallen war. Aber was hatte das mit ihm zu tun? Es sei denn ...

»Ich habe bei Frau Wagner nachgefragt, aber sie konnte mir keine Auskunft geben, deshalb bin ich selbst hingefahren und habe überall nachgeschaut, konnte es dort aber nicht finden, deshalb kam ich schließlich darauf, dass es möglicherweise bei Ihnen sein könnte.«

»Und was genau meinen Sie?«, fragte ich mit unschuldigem Blick.

»Es handelt sich um eine Abschlusszeitung aus meiner Universitätszeit, wissen Sie, nichts Besonderes also, aber von einem sentimentalen Wert für mich, deshalb bin ich recht erpicht darauf, sie wiederzufinden. Sie sieht ganz unspektakulär aus, ein paar kopierte Blätter, zusammengeheftet. Falls Sie sie noch nicht gefunden haben, könnte ich dann wohl mal in Ihrem Auto nachsehen?« Natürlich konnte es stimmen, was er sagte, aber das erklärte keinesfalls, weshalb er einen anderen Namen angenommen hatte, und ich war ratlos, was ich tun sollte. Ich konnte ihm sagen, was ich mit dem Heft gemacht hatte, und damit wäre die Sache hoffentlich erledigt. Ich konnte aber auch versuchen herauszufinden, was er von Dr. Frey gewollt hatte, welchem Verdacht er folgte und wieso er jetzt Ulrich Weinzierl statt Jens Mallinger hieß. In dem Moment meldete sich das Telefon erneut.

»Plank«, echote es durch den Flur, als ich mich meldete. »Hier ist Katrin Klein.« Ich musste auf die Lautsprechertaste gekommen sein, denn ihre Stimme dröhnte laut durch das untere

Stockwerk. Ich schaltete die Funktion aus und sagte »Hallo«.

»Frau Plank, ich wollte noch einmal mit Ihnen über das sprechen, was Sie mich gestern gefragt haben. Ich habe darüber nachgedacht und bin zu dem Entschluss gekommen, Ihnen zu sagen, was ich über Jens Mallinger weiß.« Sie machte eine Pause. »Er und ich, wir waren zusammen auf der Universität, wie Sie ja schon wissen. Er war der beste Freund meines Verlobten, der ebenfalls Theologie studierte. Ich lernte Rainer im dritten Semester kennen, aber er und Jens kannten sich schon aus ihrer Schulzeit. Rainer und ich wollten heiraten, wenn wir beide das Examen hinter uns hätten. Jens war schon immer ein bisschen merkwürdig, wenn es um die Theologie ging; er fühlte sich dazu berufen und sah das als den einzigen Weg für sich. Pfarrer zu sein, war sein ganz großer Wunsch, deshalb war es auch schlimm für ihn, als er in den letzten beiden Semestern zunehmend schlechter wurde. Er konnte einfach die geforderte Leistung nicht bringen. Ich weiß nicht wieso, denn bis dahin lief für ihn alles gut.« Sie schwieg wieder für einen Moment, dann redete sie in einem gequälten Tonfall weiter. »Als wir Prüfung machen sollten, war es fast klar, dass Jens nicht bestehen würde. Am Abend vorher verabredete er sich mit Rainer. Ich war bei einer Freundin und lernte, aber meine Mutter erzählte mir später, dass Rainer angerufen hatte, um mit mir zu sprechen. Im Hintergrund hörte sie Jens schreien, und Rainer entgegnete etwas darauf. Sie sagte, es hörte sich an wie ein schlimmer Streit zwischen den beiden. Am nächsten Tag kamen weder Rainer noch Jens zur Prüfung. Ich war ganz krank vor Sorge und konnte mich kaum auf meine eigenen Aufgaben konzentrieren. Eigentlich dachte ich sogar, ich sei durchgefallen, aber ich habe dann doch bestanden, wenn auch nicht so gut, wie ich es gekonnt hätte. Von Rainer habe ich nie wieder etwas gehört, nur von Jens, jedenfalls denke ich, dass es Jens war.«

»Und was war das? Was ist geschehen?«, löcherte ich sie ungeduldig, vollkommen gebannt von der Geschichte.

»Ich bekam einen Brief, etwa einen Monat später, in dem Rainer schrieb, dass er es nicht mehr ausgehalten hätte und dass er deshalb mit Jens ins Ausland gegangen sei. Er sei in Griechenland, schrieb er, und das stimmte auch, dem Poststempel nach, aber es war lauter verworrenes Zeug, ganz untypisch für Rainer. Ich konnte mir das überhaupt nicht erklären, war nur sehr verletzt, weil er mich ohne ein Wort verlassen hatte. Es war auch keine Adresse oder Telefonnummer dabei, wo ich ihn hätte erreichen können.« Irgendwie musste ich was falsch verstanden haben. Hatte sie nicht gesagt, sie hätte nie wieder von Rainer gehört? »Ein halbes Jahr später ...« Sie schluckte hörbar, ihre Stimme wurde brüchig, als sie fortfuhr: »... fand man seine Leiche in einem nahe gelegenen Wald. Rainer – er lag ein halbes Jahr im Wald, ehe ihn ein Spaziergänger fand, weil sein Hund von dieser Stelle nicht mehr wegzukriegen war.« Sie weinte, nicht wie Sabine in lauten Schluchzern, sondern sehr leise und beherrscht. »Sie fanden heraus, dass Rainer nie im Ausland gewesen war, sondern dass er seit jener Nacht dort gelegen haben musste. Natürlich nahmen wir dann alle an, dass Jens mit seinem Tod zu tun hatte, deshalb fahndeten sie nach ihm, aber sie haben ihn nie gefunden. Das ist jetzt drei Jahre her, aber ich habe nach der Prüfung die Ausbildung abgebrochen, obwohl ich eine gute Vikariatsstelle bekommen hätte. Ich konnte nicht mehr, mein Leben lag in Trümmern, besonders nach der Nachricht von Rainers Tod. Gerade als ich mich langsam wieder erholt hatte, fragte mich mein Onkel über diese Geschichte aus und schließlich sagte er, er wäre sich nicht sicher, aber er glaubte Jens gesehen zu haben. Können Sie sich vorstellen, wie mir zumute war? Und dann kamen Sie gestern und fingen auch davon an.« Ja, nun konnte ich verstehen, warum sie so abweisend und verschlossen gewesen war.

Es war sehr, sehr dumm von mir, aber ich hatte den Vikar vollkommen vergessen. Bis er plötzlich neben mir stand und die Gabel des Telefonapparates runterdrückte.

»Katrin Klein, soso«, sagte er. »Wenn ich mich nicht irre, bin ich ihr schon einmal begegnet. Ist das nicht die Nichte des armen Pfarrers?« Ich fühlte, wie die Angst in meine Glieder kroch, doch ich versuchte, mich zu beruhigen. Es war doch noch gar nicht sicher, dass der Vikar dieser Jens Mallinger war, vielleicht war er wirklich nur Ulrich Weinzierl. Vielleicht hatte sich Pfarrer Wagner geirrt, vielleicht hatte Weinzierl überhaupt nichts mit seinem Tod zu tun. Bestimmt war der Pfarrer einfach nur einem Einbrecher in die Quere gekommen, eine Theorie, die doch einiges für sich hatte. Aber wenn er es nun doch war? Was auch immer er von meinem Gespräch mit Katrin mitbekommen hatte – allein die Tatsache, dass ich in Verbindung mit ihr stand, bedeutete in diesem Fall für ihn eine Bedrohung, und dass sie mit mir nicht über das Wetter geredet hatte, konnte er sich denken. Was würde er mit mir machen? Umbringen? Das zu denken, war ein Fehler, denn ich begann zu zittern und es wurde auch nicht besser, als er sich unbeeindruckt von meiner Verbindung zu ihr zeigte.

»Eine nette junge Frau, glaube ich, sie wirkte nur etwas deprimiert und von der Welt zurückgezogen. Es würde mich interessieren, ob das auch Ihr Eindruck von ihr ist.« Er lächelte mich an, aber er stand so nah bei mir, dass ich mich dadurch nicht besser fühlte. Versuchte er, mich auszuhorchen? Ich zuckte mit den Schultern und versuchte, so gelassen wie möglich zu erscheinen, was mir nicht ganz gelang, da mir der Schweiß auf der Stirn stand und er meine Anspannung kaum übersehen konnte.

»Ich habe nicht so darauf geachtet«, stieß ich hervor. »Wir haben uns bei der Beerdigung kennen gelernt. Sie wollte nur wissen, wie es Franklin geht.« Etwas Besseres war mir so schnell nicht eingefallen.

Weinzierl grinste mich an, dann wurde sein Gesichtsausdruck besorgt. »Der arme Hund leidet sicher sehr unter dem Tod seines Herrchens. Was für ein überaus tragischer Verlust. Und so grausam!« Er kam immer näher, so dass ich zurückweichen musste und schließlich in der Küche landete. »Ah, das ist also Ihre Küche. Sehr gemütlich, wirklich.« Mir war ziemlich schlecht, aber er sah sich in dem Raum um, als ob er in einer Ausstellung wäre. Er schien sich überhaupt keine Sorgen zu machen, dass ich etwas gegen ihn unternehmen würde. Leider lag er damit auch vollkommen richtig, denn ich war immer noch halb gelähmt vor Furcht und mehr darauf konzentriert, aufrecht stehen zu bleiben und ihn vielleicht irgendwie hinauskomplimentieren zu können.

»Leider kann ich überhaupt nicht kochen«, murmelte ich in der Hoffnung, ein anderes Thema aufzubringen.

»Nicht?«, entgegnete er verwundert. »Das überrascht mich aber. Ich hatte gedacht, bei all ihren Fähigkeiten würden Sie sicher mit Begeisterung kochen. Ich selbst betrachte Kochen fast als eine Art Hobby.« Er wirkte, als wären wir immer noch mitten in einem harmlosen Smalltalk, und ich fragte mich, ob ich mir nicht völlig umsonst Sorgen darum machte, was er mit mir vorhaben könnte. Vielleicht war er einfach nur total ungeschickt im Umgang mit seinen Mitmenschen oder Frauen im Speziellen? Aber diese kleine Stimme in meinem Inneren, die unaufhörlich nach Hilfe schrie, ließ sich nicht zum Schweigen bringen. Alles sagte in mir, dass ich mich in Gefahr befand und dass dieser Mann der Grund dafür war.

Er schaute in die Schränke und die Schubladen und schließlich holte er ein Messer heraus, ein großes Messer, von dem ich zufällig wusste, dass es eine scharfe und stabile Klinge hatte, denn es war ein Geschenk meiner Eltern zum letzten Weihnachtsfest gewesen, nachdem ich geäußert hatte, dass ich ein gutes Fleischmesser brauchen könnte. Wo war nur dieser Hund? Warum setzte er nicht in unvergleichlicher Aufopferung zu einem heldenhaften Sprung an, um Weinzierl schachmatt zu setzen? Der Vikar warf mir einen neugierigen Blick zu, dann kam er zu mir und drückte mich auf einen Stuhl. Er zog sich einen weiteren Stuhl heran und nahm mir gegenüber Platz, und zwar mit dem Rücken zum Fenster, so dass ich mit all dem Licht hinter ihm sein Gesicht nicht richtig sehen konnte. Das Messer hielt er kurz vor meiner Kehle in die Luft.

»Es tut mir Leid, dass es nun darauf hinausläuft. Hätten Sie nicht Ihre Nase in eine Angelegenheit gesteckt, die Sie nichts angeht, säßen Sie jetzt wahrscheinlich friedlich vor ihrem hübschen Kamin und würden ein unschuldiges Nickerchen halten.« Sein Tonfall hatte sich geändert. Offenbar fand er es nun an der Zeit, die Karten auf den Tisch zu legen. Franklin, wo war Franklin? Hatten Hunde nicht ein ausgeprägtes Gespür für brenzlige Situationen?

Und warum nur saß ich so reglos da und ließ alles mit mir geschehen?

»Ich sehe schon, Katrin hat Ihnen erzählt, was damals vorgefallen ist.« Ich sagte nichts, was Weinzierl aber nicht recht war, denn er piekste mich mit der Messerspitze und sagte gezwungen beherrscht: »Das hat sie doch wohl, oder?« Ich schluckte vorsichtig, aber den dicken Kloß in meinem Hals konnte ich nicht wegbekommen.

Meine Stimme war weg, also räusperte ich mich, bevor ich ziemlich piepsig antworten konnte. »Ich weiß nicht, ob sie mir alles gesagt hat. Sie erzählte von ihrem Verlobten Rainer und seinem Freund Jens Mallinger.« Er schien das amüsant zu finden.

»Jens Mallinger, ha! Diesen Namen habe ich schon eine Weile nicht mehr gehört. Was hat sie Ihnen noch erzählt?«

»Dass beide verschwunden sind und sie einen Brief bekommen hat. Und dass sie sehr traurig war, dass ihr Verlobter sie verlassen hat.« Er ließ ein verächtliches Schnaufen hören.

»Sehr traurig, tatsächlich? Rainer war ein Waschlappen, sie ist ohne ihn besser dran. Er wusste nicht, was Loyalität ist.« Er machte eine Pause, bevor er – scheinbar in Gedanken versunken – ein paar Mal den Namen Jens Mallinger wiederholte.

Dann visierte er mich plötzlich wieder an. »Hat sie auch gesagt, dass ich Rainer getötet hätte?« Ich nickte. »Es war ein Versehen!« Er sah mich wütend an, als ob ich die Schuld daran hätte. Ich hielt es für besser zu schweigen, vielleicht würde er sich wieder beruhigen. »Dieser Dummkopf! Wenn er getan hätte, worum ich ihn gebeten hatte, wäre es gar nicht so weit gekommen.« Weinzierl überlegte, dann starrte er mich wieder an mit seinem blinzellosen Blick. »Er wollte mir nicht helfen. Aber ist es nicht die Pflicht eines Mannes, seinem Freund zu helfen? Wir hatten uns in der Schule ewige Freundschaft geschworen und was hat er daraus gemacht? Einen Hohn!« Ich wartete darauf, dass er aufspringen würde, um seiner Wut Luft zu machen, aber das tat er nicht. Er blieb vor mir sitzen, nach vorne gebeugt, um das Messer an seinem Platz zu halten, und fixierte mich. Seine Stimme war kalt, als er fortfuhr, und das passte nicht zu dem, was ich in seinen Augen sah. In seinen Augen sah ich trotz des Gegenlichts Zorn funkeln, einen Zorn, der sich für heilig hielt, ich sah seine Bereitschaft, sein Gesetz über alles andere zu stellen.

»Sie brennen sicher darauf zu erfahren, was in jener Nacht geschehen ist. Niemand weiß das, nicht einmal Katrin. Katrin – sie war ein hübsches Mädchen, aber sie hat sich in den Falschen verliebt.« Franklin kam gähnend in die Küche, das konnte ich hören, wenn ich ihn auch nicht richtig sehen konnte, weil er sich hauptsächlich hinter meinem Rücken bewegte.

»Ich wusste, dass ich die Prüfung nicht bestehen würde. Eigentlich eine Ironie des Schicksals. Nichts wollte ich mehr, als diese Prüfung bestehen, um meiner Berufung folgen zu können. Und gleichzeitig geriet mir unter der Verfolgung meiner Berufung der Stoff, den wir bearbeiten mussten, aus den Augen. Das war alles so irrelevant, so überflüssig und vollkommen jenseits von allem, was für einen Pfarrer wirklich wichtig ist! Aber ich brauchte dieses Examen, also bat ich Rainer, mir dabei zu helfen, die Prüfungsaufgaben zu besorgen. Es wäre gar nicht schwierig gewesen, ich hatte mir alles genau überlegt. Aber Rainer zog es vor, den Moralapostel zu spielen. Wir stritten uns. Wir hatten uns schon einmal so gestritten, da war ich fünfzehn und er vierzehn. Ich hielt seinen Kopf so lange unter Wasser, bis er sich nicht mehr bewegte. Ich bekam Angst, dass er vielleicht ertrunken sein könnte, aber nach einer Weile fing er an zu husten. Dieses Mal gab es kein Wasser, dieses Mal schlug ich ihn. Er fiel nach hinten, krachte mit dem Kopf an eine Wand. Ich denke, er hat sich das Genick gebrochen. Jetzt wurde mir erst recht übel. Wenn ich aufgestanden wäre, wäre ich sicher ohnmächtig geworden. Franklin schlabberte sein Wasser und meine Wut richtete sich auf ihn, aber er konnte ja nichts dafür, er war einfach nur ein sehr freundlicher Hund. Retriever sind freundliche Hunde und schließen jeden ins Herz, auch einen Weinzierl.

Der Vikar ließ sich nicht stören. Einmal angefangen mit seiner Beichte, drängte es ihn, sie zu vollenden. Inzwischen sah er an mir vorbei auf den Kühlschrank, nicht mehr in meine Augen, was mich etwas erleichterte, falls man in so einer Situation überhaupt von Erleichterung reden kann. Andererseits hatte sein starrer Blick mir geholfen, die Panik zu unterdrücken, die jetzt mit Macht darum kämpfte, mich zu beherrschen.

»Das war dumm, wirklich, denn nun konnte ich erst gar nicht an der Prüfung teilnehmen, sondern musste mich beeilen wegzukommen. Ich schrieb Katrin diesen Brief, in der Hoffnung, er würde ausreichend erklären, was geschehen war, so dass die Suche nach mir aufgegeben würde. Ich wollte auch Katrin irgendwie beruhigen, denke ich. Die zwei Jahre im Ausland waren schwierig für mich, ich konnte nirgends Fuß fassen, konnte meiner Berufung nicht folgen. Schließlich kehrte ich nach Deutschland zurück und bemühte mich um eine Vikariatsstelle. Pfarrer Wagner hat keinen Moment Verdacht geschöpft, dass meine Papiere und Zeugnisse gefälscht sein könnten. Er war so unglaublich gutgläubig!« Ich zwang mich zu sprechen, um ihn am Reden zu halten.

»Was ist dann passiert?« Offenbar hatte er mich vorübergehend vergessen gehabt, denn seine Augen richteten sich ruckartig auf mich und sein Gesichtsausdruck wechselte von traurig-versonnen zu aggressiv-entschlossen.

»Was passiert ist? Können Sie sich das nicht denken? Es lief alles sehr gut, bis die Wagners ihre Verwandten besuchten. Dort fand er die Abschlusszeitung unseres Jahrgangs, die Katrin gehörte. Er kannte diese Geschichte mit Rainer und mir, aber natürlich hatte er nie einen Zusammenhang zwischen mir und Jens Mallinger gesehen. Erst als er das Foto sah, erkannte er mich. Ich wusste nicht, dass er Katrins Onkel war, sonst hätte ich nie einen Fuß in diese Gegend gesetzt. Ich wusste auch nicht, dass Katrin jetzt hier lebt.«

Ich begann zu phantasieren: Ich sah Wilson im Garten herumspazieren. »Wagner wollte sich mit mir über diese Geschichte unterhalten, deshalb bestellte er mich am Sonntagmorgen in die Kirche. Er erzählte mir von dem Heft und dass es in seinem Büro läge. Dann stellte er mich vor die Wahl, dass entweder ich selbst mich stellen würde oder er dafür sorgte, dass ich verhaftet würde. Was sollte ich tun? Ich schlug ihn bewusstlos und schleppte ihn den Turm hinauf. Ich wollte ihn von oben runterwerfen und hoffte, dass es wie ein Selbstmord aussähe, wenn ich einen kleinen Abschiedsbrief verfasste. Doch er kam zu sich, bevor ich oben war, und so blieb mir nichts anderes übrig, als den nächstbesten Gegenstand zu greifen und zuzuschlagen. Es war zu fest, er war tot. Er fiel die Treppe hinunter und ich war zu sehr erschrocken, um richtig planen zu können. Ich wischte die Fingerabdrücke von dem Kerzenständer ab, aber nicht das Blut, damit es keine Spuren an mir hinterließ, und flüchtete.« Wilson sah zum Fenster herein und ich war sicher, jeden Moment den Verstand zu verlieren. Das konnte nur ein schrecklicher Albtraum sein. Wieso sonst sollte Wilson draußen stehen und Grimassen ziehen. Dann duckte er sich und war weg. Ich fing an zu weinen.

»Was wollen Sie von mir?«, entfuhr es mir, obwohl ich es doch eigentlich wusste.

»Das Heft natürlich.« Ich musste ihn beschäftigen, ihn ablenken, denn ein Teil von mir rechnete damit, dass Wilson irgendetwas plante. Der andere Teil von mir dachte, ich wäre durchgedreht und es gäbe hier nur Weinzierl und mich und Wilson sei meiner Verzweiflung entsprungen.

»Aber wieso haben Sie es nicht gleich an sich genommen?« Er kaute auf seiner Unterlippe und sah mich nachdenklich an.

»Ich wollte es ja. Ich bin ins Büro rübergerannt, aber ich konnte es nicht finden. Ich musste vorsichtig sein, durfte keine Unordnung machen und keine Fingerabdrücke hinterlassen. Und dann kam Frau Hemmerling herein, so dass ich mich verstecken musste. Ich hatte nicht viel Zeit, verstehen Sie, ich musste ja rechtzeitig wieder in der Kirche sein.«

»Und ... und wie kamen Sie darauf, dass ich das Heft hätte?« Er lachte. Wie wollte Wilson hier hereinkommen, wenn er tatsächlich da war? Und würde Franklin ihn nicht verraten?

»Das war nicht schwer. Nachdem es nirgends zu finden war, war ich sicher, dass es in einer der Kisten gelandet war, die zu Frau

Wagner gebracht wurden. Und da es dort auch nicht war, blieben nur noch Sie.« Franklin trabte nach draußen und bellte an der Haustür.

»Was ist da draußen? Erwarten Sie jemanden?« Franklin hörte wieder auf und lief die Treppe hinauf.

»Vielleicht hat er einen anderen Hund gehört«, versuchte ich Weinzierl zu beruhigen.

»Nun, Penelope, jetzt bleibt nur noch, dass Sie mir endlich sagen, wo das gute Stück ist!«

»Ich ... ich ...«

»Ja?«, fragte er mit hochgezogenen Augenbrauen.

»Ich habe es nicht mehr.«

»Sicher, das hätte ich an Ihrer Stelle jetzt auch gesagt.« Von Wilson war nichts zu sehen und nichts zu hören. Ich wünschte inständig, ich hätte die Tür zum Garten offen gelassen, aber ich konnte mich nicht daran erinnern, ob sie abgeschlossen war oder nicht. Wenigstens dieses eine Mal wäre meine Vergesslichkeit zu etwas gut!

»Also, wo ist es?« Die Türklinke bewegte sich vorsichtig. Bitte, Gott, lass es nicht quietschen! Es blieb leise und etwaige Geräusche versuchte ich zu übertönen, indem ich lauter als notwendig antwortete: »Ich sage Ihnen die Wahrheit, ich habe das Heft nicht mehr und ich wüsste auch nicht, warum ich Ihnen sagen sollte, wo es ist.« Das war nicht gerade eine grammatikalische Meisterleistung, aber ich wusste auch nicht sicher, ob ich nicht ein Opfer meiner Einbildung geworden war, deshalb musste ich mir einen kleinen Vorteil verschaffen. Solange er nicht wusste, wo sich die Zeitung befand, würde er mich nicht umbringen.

»Wenn ich es mir recht überlege«, setzte er an und legte den Zeigefinger seiner freien Hand an die Nasenspitze, »sind Sie doch eigentlich ein aufrichtiges Mädchen. Und als solches würden Sie bestimmt Dinge, die Ihnen zufällig in die Hände fallen, an die Besitzer zurückgeben. Wem also könnten Sie diese Abschlusszeitung gegeben haben? Na? Wollen Sie es mir sagen?« Da war er dahin, mein Vorteil. Trotzdem schwieg ich. Angesichts meiner Unwilligkeit drückte er mir erneut das Messer an den Hals, der Schweiß brach mir aus, aber ich merkte auch mit einer sonderbaren Klarheit, dass ich nicht mehr weinte und dass ich gleich sterben würde. Wie es wohl sein würde zu sterben?

»Ist es Katrin?«, zischte er zwischen den Zähnen hervor. Er würde gleich die Beherrschung verlieren.

Das Telefon klingelte und ich zuckte zusammen, als würde es sich direkt neben meinem Ohr befinden. Ich spürte die Klinge an meiner Kehle und traute mich kaum zu schlucken. Auch auf Weinzierls Stirn bildeten sich kleine Schweißtropfen. Es klingelte wieder. Ich sah, dass ihn das aus dem Konzept brachte und dass er überlegte, was er tun sollte. Wir saßen da und hörten dem Telefon zu und es schien eine Ewigkeit zu dauern, bis sich der Anrufbeantworter einschaltete, aber niemand sprach etwas drauf. Stattdessen fing es gleich danach wieder an zu klingeln. Ich betete stumm, dass Weinzierl irgendeine falsche Entscheidung treffen und ich eine Möglichkeit finden würde, dem Anrufer eine Botschaft zu vermitteln, in welcher Gefahr ich mich befand.

»Na los, gehen Sie dran. Aber kein falsches Wort, ich bin genau neben Ihnen, vergessen Sie das nicht.« Er packte mich am Arm und zerrte mich zum Telefon in den Flur hinaus. Mit einem unheimlichen Zittern nahm ich den Telefonhörer ab und hob ihn an mein Ohr. Meine Hand war schweißnass und eiskalt, Weinzierl drückte den Lautsprecherknopf.

»Na endlich, ich wusste doch, dass du zu Hause bist!«, dröhnte Alex' Stimme an mein Ohr. Bitte, bitte, flehte ich, lass sie eine Erleuchtung haben oder eine Vision, wie ich hier stand mit dem Messer an meinem Hals.

»Ja«, krächzte ich vorsichtig. Ich hatte keine Ahnung, was ich sagen sollte.

»Hör mal«, fuhr sie heiter fort, »ich wollte fragen, ob du heute Abend Zeit hast. Im Kino läuft ein guter Film und ich habe mir überlegt, dass ich mir doch eine Belohnung gönnen könnte, wenn ich den ganzen Tag gelernt habe. Was meinst du? Ich würde dich sogar einladen!« Ich räusperte mich und schielte zum Vikar. Er warf mir einen finsteren Blick zu und nickte mit dem Kopf zum Zeichen, dass ich antworten sollte.

»Nein, ich kann nicht.« In meinem Kopf bildete sich ein Karussell mit Szenen, wie ich Alex zurief, dass Weinzierl mich umbringen wollte, gefolgt von Bildern meiner selbst, wie ich blutend am Boden lag und röchelte. Die Anstrengung, einen Weg zu finden, ihr etwas mitzuteilen, machte mich fast wahnsinnig.

»Ist was mit dir? Du bist so merkwürdig.«

»Nein, alles okay.« Ich traute mich nicht einmal, lange Sätze zu sprechen.

»Ruf ich gerade unpassend an? Hast du Besuch?« Sie machte eine Pause. »He, hast du den Lautsprecher an? Klingst du deswegen so komisch?« Weinzierl schubste mich, damit ich etwas sagte.

»Ja, der Lautsprecher ist an. Ich kann jetzt nicht länger, tut mir Leid. Wir können ja ein anderes Mal ins Kino. Tschüss.« Ich legte auf und wäre fast in Tränen ausgebrochen. Würde es ein anderes Mal geben? Ich wusste es nicht und ich war völlig verzweifelt, weil ich meine Chance nicht hatte nutzen können. Aber was hätte ich auch tun sollen mit dem Messer an meinem Hals?

Der Vikar schob mich vor sich her und war schon auf dem Weg zurück in die Küche, als er es sich anders überlegte und beschloss, eine Runde durchs Erdgeschoss zu machen und aus den Fenstern zu schauen, um sich abzusichern. Ich hoffte, Wilson würde uns entdecken, falls er wirklich da draußen war. Andererseits hoffte ich natürlich, dass Weinzierl ihn nicht sehen würde. Er starrte lange aus dem Fenster im Wohnzimmer in den Garten hinaus. Schließlich schien er beruhigt. Wir gingen zur Haustür. Er zögerte. Sollte er sie aufmachen und hinaussehen? Ich dachte daran, sie aufzureißen und hinauszustürzen. Offenbar dachte er dasselbe, denn sein Griff an meinem Arm verstärkte sich schmerzhaft.

»Nein«, sagte er und zwang mich zurück in die Küche. Dort drückte er mich auf meinen Stuhl zurück und setzte sich selbst. Mittlerweile war ich am ganzen Körper nassgeschwitzt, alles an mir vibrierte vor Nervosität und Angst. Was würde er jetzt tun?

Könnte nicht das Telefon noch einmal klingeln? Es hatte mir immerhin einen Aufschub gebracht. Wir saßen genauso da wie zuvor, nur schien er sich inzwischen etwas beruhigt zu haben. »Ihre kleine Freundin wollte also ins Kino mit Ihnen, wie schön. Welchen Film sie sehen wollte, hat sie leider nicht gesagt. Vielleicht würde er mich ja auch interessieren.« Mein Eindruck, dass er komplett den Verstand verloren hatte, verstärkte sich immer mehr. Dachte er allen Ernstes, dass sein Leben nach diesem »Zwischenfall« vollkommen normal weitergehen würde? Er musste doch damit rechnen, dass man ihm auf die Spur kommen würde, so sorglos, wie er seine Morde beging und zu vertuschen versuchte. Oder sollte das bedeuten, dass er nicht vorhatte, mich zu töten?

»Genug mit dem Geplauder. Mit Ihrer Freundin werde ich mich später befassen. Ich glaube wirklich, dass sie mich sympathisch findet, und ihre Eltern sind ganz entzückende Menschen, einflussreich, aber trotzdem bescheiden.« Er wechselte das Thema so plötzlich, dass ich einen Moment brauchte, um ihm folgen zu können. »Ich frage Sie zum letzten Mal: Ist es Katrin? Haben Sie ihr das Heft gebracht?« Hinter ihm im Fenster sah ich eine Bewegung, einen größer werdenden Schatten. Ich starrte einen Moment dorthin, um zu erkennen, was es war, aber dann fiel mir siedend heiß ein, dass der Vikar sich unweigerlich umdrehen würde, um zu sehen, was mich dort so fesselte, und ich zwang mich, ihm in die Augen zu sehen.

»Ich, ich ...«, stammelte ich, krampfhaft bemüht, Zeit zu gewinnen.

»Was?«, schnauzte Weinzierl mich ungeduldig an. Es ging nur noch darum, die Sekunden zu überbrücken, jedenfalls hoffte ich das.

»Ich war bei Katrin Klein, das stimmt, aber doch nur wegen Franklin.« Er kniff die Augen zusammen und sah aus, als wollte er mich gleich schlagen, wenn ich nicht aufhörte, solchen Mist zu erzählen. Auf die Schnelle fiel mir aber nichts Besseres ein, als meine alte Geschichte von vorhin.

»Was frage ich Sie überhaupt, ich weiß die Antwort doch ohnehin«, gab er schließlich von sich und mein Herz fing stärker an zu klopfen, falls das überhaupt möglich war. Er fixierte meinen Hals und das Messer in seiner Hand und machte eine kleine Bewegung. Ich fühlte ganz deutlich, dass ich blutete. Ich konnte nichts dagegen tun, das Fenster zog wieder meine Aufmerksamkeit auf sich und diesmal folgte Weinzierl meinem Blick. Mit einem gewaltigen Klirren und Splitterregen kam Wilson durchs Fenster gestürzt. Ich warf mich vom Stuhl, während Weinzierl aufsprang und sich umdrehte. Wilson lag am Boden, die Arme über dem Kopf. Weinzierl machte einen Satz auf ihn zu, doch Peter rollte sich zur Seite und wich so dem Messer aus. Der Vikar verlor das Gleichgewicht und taumelte gegen das kaputte Fensterglas, wo er sich die Hand blutig riss. Wilson richtete seine Pistole auf ihn.

»Lassen Sie das Messer fallen!« Weinzierl zögerte. »Ich sage es nicht noch einmal.« Langsam öffnete er die Finger, das Messer entglitt ihm und fiel zwischen die Scherben. Franklin kam herein, fand mich unter dem Tisch und leckte mir das Gesicht.

11

War das eine Woche!«, seufzte ich gedankenverloren, nachdem ich die letzten Tage hatte Revue passieren lassen. Wilson war ebenfalls in Schweigen gehüllt und hing seinen eigenen Gedanken nach. Es war ein wundervoller Sonntag, warm und sonnig, und Peter hatte endlich seine Drohung wahr gemacht, mich und Franklin auf einen ausgiebigen Spaziergang zu begleiten. Genau vor einer Woche war er mit einem wagemutigen Sprung zu meinem Lebensretter geworden und tiefe Dankbarkeit erfüllte mich. Aber auch leichte Sorge, denn die Kommentare von Alex und Sabine klangen immer noch in meinen Ohren, und so warf ich ihm gelegentlich einen unauffälligen Blick zu, um herauszufinden, ob er mich verliebt anschaute. Doch es gab keinen Grund zur Beunruhigung – er war wie immer und besah sich die Gegend aufs Genaueste. Nun sah er zu mir herüber.

»Viel los?«

»Oh ja, das kann man wohl sagen«, bestätigte ich. Ich war unschlüssig, wie ich weiterreden sollte, denn wir bewegten uns irgendwo im Niemandsland zwischen »du« und »Sie«. Zu vertraulich wollte ich auch nicht klingen, deshalb verstummte ich wieder.

»Ich bin auch froh, dass das hinter mir liegt«, stimmte er mir zu. »Und ich habe jetzt endlich Urlaub!«

»Das ist schön«, war mein geistreicher Kommentar. Franklin tobte über das Feld und landete wieder mal in jeder feuchten Rille, wo er sich begeistert hin- und herwarf. Ich konnte gar nicht zählen, wie viele Handtücher wegen diesem Hund schon in die Waschmaschine gewandert waren!

»Ich würde gern wieder mit in den Hauskreis kommen.«

»Oh!« Ich schaute ihn überrascht an. »Aber gern, natürlich, kein Problem.« Er lächelte.

»Ist zwischen Sabine und ...« Er stockte. »Ist es in Ordnung, wenn wir uns duzen?«, fragte er dann.

»Ja, klar«, entgegnete ich, froh, dass das endlich geklärt war.

»Ist zwischen Sabine und dir alles wieder in Ordnung?« Es war nett von ihm, dass er das fragte. Tatsächlich hatten Sabine und ich uns in dieser Woche an einem Abend getroffen und zusammen gekocht. Wir hatten so viel Spaß miteinander gehabt und uns schlapp gelacht. Alex war schon fast eifersüchtig, als ich es ihr erzählte, deshalb hatte ich ihr versprochen, dass wir uns nächstes Mal zu dritt treffen würden.

»Das sind übrigens sehr schöne Blumen bei dir im Flur«, kam es nach einer erneuten Gesprächspause von Peter. Dass er die Blumen überhaupt bemerkt hatte, überraschte mich, denn als er uns abgeholt hatte, kam er kaum richtig zur Tür herein. Er versuchte hoffentlich nicht herauszufinden, ob ich einen Verehrer hatte, der mir Blumen schenken könnte? Ich versuchte in seinem Gesicht zu lesen, aber er blieb unbewegt und undurchschaubar.

»Die sind von meiner Nachbarin.«

»Von der Nachbarin? Ich dachte, ihr versteht euch nicht so besonders.«

»Ja, das dachte ich auch lange. Aber meine gute Absicht hat sich doch bezahlt gemacht.« Nachdem mich Gott schon wiederholt darauf hingewiesen hatte, dass ich mit Frau Gerberich Frieden schließen sollte, und die Situation mit ihr für mich immer schwieriger geworden war, konnte ich mich dem einfach nicht mehr entziehen. Nach langem Grübeln, wie ich es am besten anfangen sollte, ging ich am Mittwochmorgen zu ihr hinüber, eine Schachtel Pralinen in der Hand und klingelte. Als sie öffnete und wir uns Auge in Auge gegenüberstanden, sackte mir das Herz in die Hosentasche, ganz ehrlich.

»Was wollen Sie denn, Fräulein Plank?«, fragte sie ruppig, was mich fast wieder hätte umkehren lassen. Aber nein, sagte ich mir dann, ich muss es wenigstens versuchen.

»Ich habe eine kleine Aufmerksamkeit für Sie«, würgte ich heraus – ich hatte mir den Satz vorher genau zurechtgelegt und ein paar Mal geübt – während ich ihr das Päckchen hinstreckte. Sie musterte es misstrauisch, ehe sie es nahm und mich hereinbat. Das war das allererste Mal, dass ich ihr Haus betrat. Ich war überrascht, wie hell und freundlich es eingerichtet war. Ich hätte dunkles Holz und braunen Teppichboden oder so etwas erwartet, doch es gab viel helles Holz, dazu die Farben Gelb, Hellrosa und Hellblau, was alles harmonisch und fröhlich wirken ließ.

Sie bot mir einen Platz an und setzte sich selbst, bevor sie das Geschenkband löste und das Papier von den Pralinen entfernte. Eine Weile sagte sie nichts und ich erwartete beunruhigt, dass sie mir gleich säuerlich erklären würde, dass sie Diabetikerin sei. Stattdessen sah sie mich mit tränenumflorten Augen an und sagte: »Damit hatte ich überhaupt nicht gerechnet. Vielen Dank, Fräulein Plank!« Nun war ich selbst ganz bewegt. »Dabei hätte doch eher ich Ihnen etwas bringen sollen, nach der ganzen Aufregung, die Sie hatten. Ich habe in der Zeitung davon gelesen. Und ich habe mich noch geärgert, dass bei Ihnen ein ständiges Kommen und Gehen ist, wie im Taubenschlag.« Damit hatte sie nicht Unrecht. Die letzten Tage waren wirklich ziemlich hektisch und betriebsam gewesen.

»Und dann dieser Hund! Aber als ich gelesen habe, dass Sie ihn nur vorübergehend bei sich haben, da habe ich mich fast geschämt, dass ich auf Sie geschimpft habe, wo Sie doch eigentlich nur der Frau Pfarrer einen Gefallen tun.« Sie drückte tatsächlich meine Hand und lächelte mich ganz herzlich an. Siehe da, eine neue Frau Gerberich! Was die Zeitung anging – die Lokalpresse hatte mich den gesamten Montag belagert und ausgequetscht, bis ich die Geschichte selbst nicht mehr hören konnte. Meine ahnungslose Mutter rief zwischendrin an und war völlig verwirrt, weil einer der Journalisten das Telefon abgehoben hatte, während ich gerade für ein Foto posierte, denn er sagte zu ihr, dass ich gerade ein Interview gäbe und für den Rest des Tages nicht zu sprechen sei. Als alle weg waren, rief ich sie zurück und erklärte ihr, was geschehen war, und natürlich schlug sie die Hände über dem Kopf zusammen und redete zwischendrin ständig mit meinem Vater, der vermutlich am Tisch saß und Zeitung las.

Wir plauderten noch eine Weile über dieses und jenes – das Thema Büsche vermieden wir geflissentlich – und schließlich endete es damit, dass Frau Gerberich mich für Samstag zum Kaffeetrinken einlud, denn, bemerkte sie mit geröteten Wangen, das sei ihr Geburtstag und sie hätte sonst niemanden, den sie einladen könnte. Da wurde mir erst richtig bewusst, wie einsam sie sein musste, und ich wäre vor Rührung fast in Tränen ausgebrochen, aber ich sagte zu und ging am Samstag zu ihr hinüber. Dabei hatte ich ein gesticktes Bildchen, das farblich sehr gut in ihr Wohnzimmer passen würde und das mir selbst auf Anhieb gefallen hatte, obwohl ich sonst nicht der Häkelschmucktyp bin. Sie war absolut begeistert, bedankte sich ein paar Mal und vertraute mir dann an, dass sie an diesem Tag 70 Jahre alt wurde.

»Was«, rief ich verblüfft aus, »ich hätte Sie höchstens für 60 gehalten!« Das meinte ich ganz ernst, denn Frau Gerberich sah wirklich noch recht jung aus für ihr Alter. Sie freute sich über mein Kompliment und wurde regelrecht albern, während wir ihren selbstgebackenen Kuchen vernichteten, aber das könnte auch an dem Likör gelegen haben, den sie sich zur Feier des Tages gönnte. Ich gebe zu, ich habe auch einen getrunken. Zum Abschied ließ ich mir das Kuchenrezept geben und sie schnitt die letzten Blumen in ihrem Garten, um sie mir in die Hand zu drücken. Dieses wunderhübsche Sträußchen war es, das nun in meiner Diele stand und mich immer daran erinnerte, wie schön es war, mit seinen Nachbarn in Frieden zu leben.

Peter bückte sich, um einen Stock für Franklin aufzuheben. Das rötlich braune Haar fiel ihm in die Stirn, seine Augen strahlten, als der Vierbeiner hinter dem Holz herstürmte. Wenn ich es recht bedachte, war Peter wirklich ein sehr attraktiver Mann. Ich beschloss, ihm nichts von Markus zu erzählen, mit dem ich für Dienstag verabredet war. Ich hatte es für das Beste gehalten und würde es eben auf mich zukommen lassen, wie ich Markus am besten verdeutlichen konnte, dass aus uns kein Paar werden würde.

»Was macht das Rauchen?« Unwillkürlich fuhren seine Hände an die Jackentaschen und er lachte, als er es bemerkte.

»Wie du siehst, sind die Reflexe noch da. Aber bis jetzt habe ich es durchgehalten!«, verkündete er stolz. Dann etwas bescheidener:

»Ich muss aber auch zugeben, dass ich es mal mit Beten versucht habe.« Ich war überrascht.

»Tatsächlich? Und hat es was genützt?«

»Ja ... ja, ich denke schon. Es ist nicht richtig greifbar, aber ich glaube, dass mir seither das Widerstehen leichter fällt.« Das waren ja gute Neuigkeiten! Peter und Beten, Peter und Hauskreis. Wer wusste, was sich daraus noch entwickeln konnte! Franklin rannte zwischen uns herum. Wie sehr ich ihn vermissen würde, wenn er wieder zu Frau Wagner zurückgehen würde! Sie hatte angerufen und in Aussicht gestellt, dass sie plante, nach Weihnachten in ihr Haus zurückzukehren und dann auch ihren Hund abzuholen. Ich hatte ihm vollständig verziehen, dass er mich nicht vor Weinzierl beschützt hatte. Oder sollte ich jetzt Jens Mallinger sagen? Nach seiner Verhaftung hatten die Medien nur noch von Jens Mallinger berichtet. Ulrich Weinzierl war verschwunden.

Über den vergangenen Sonntag hatten wir bisher geschwiegen, und das war mir auch ganz recht. Nachdem Peter den Übeltäter überwältigt hatte, hatte ich eine Art Zusammenbruch. Ich fiel ihm um den Hals, sagte »danke«, dann ging ich in mein Zimmer, legte mich ins Bett und fing an zu heulen. Ich heulte, bis Alex neben mir stand und mich zwang, eine heiße Suppe zu essen. Dann fing ich an zu lachen, bis mir die Seiten wehtaten, dann heulte ich wieder, bis ein Arzt kam und mir eine Spritze gab. Danach fiel ich in einen tiefen Schlaf, aber als ich am nächsten Morgen aufwachte, ging es mir viel besser. So lästig ich es fand, den Journalisten alles wieder und wieder berichten zu müssen – ich glaube, es half mir dabei, den Schock zu verarbeiten. Am Montagabend, als alle gegangen waren und ich beschlossen hatte, keinem mehr die Tür zu öffnen, war mir regelrecht nach Feiern zumute, und so ging ich in den Keller, holte eine Flasche Bananensaft herauf und stieß mit mir an. Dazu gönnte ich mir eine Tafel meiner Lieblingsschokolade, die ich mir für eine besondere Gelegenheit aufbewahrt hatte.

Mit Katrin hatte ich nicht mehr gesprochen, aber ich hatte in der Zeitung über sie gelesen. In aller Ausführlichkeit hatten sie ihre traurige Liebesgeschichte ausgewalzt und Mutmaßungen über ihre Beziehung zu Jens Mallinger angestellt. Dass Katrin schließlich zu Verwandten nach Hamburg geflohen war, hatte mir Frau Wagner am Telefon erzählt. Aber ein Gutes hätte die Sache, meinte Franklins Besitzerin, denn Katrin hätte endlich die schwarze Decke, die all die Jahre auf ihr gelegen sei, abgeschüttelt und beschlossen, ein neues Leben anzufangen. Dann rief auch noch mein Lektor an und gratulierte mir zu der hervorragenden Publicity. Er bestand darauf, dass ich ihm bis Ende der Woche die ersten fünf Kapitel zukommen lassen sollte, und so verbrachte ich zwei volle Tage am Computer, um ihn zufrieden stellen zu können. Zum Ausgleich versprach er mir aber auch einen Vorschuss, der tatsächlich am Freitag auf meinem Konto war.

»Was ich gern noch wissen würde«, sagte ich zu Peter, als ob wir noch mitten im Gespräch wären und uns nicht schon wieder minutenlang angeschwiegen hätten. Sonderbar, aber mit Peter machte das Schweigen richtig Spaß. »Woher wusstest du, dass ich in Schwierigkeiten war?«

»Das wusste ich gar nicht«, gab er zu. »Katrin Klein rief mich an, nachdem sie mit dir gesprochen hatte. Sie war etwas irritiert, weil du so abrupt aufgelegt hattest, dachte sich aber nichts dabei. Sie erzählte mir, was sie dir gesagt hatte und erwähnte auch, dass du sie wegen der Zeitung und Jens Mallinger aufgesucht hättest. Da dämmerte mir, dass du möglicherweise tiefer in die Angelegenheit verstrickt sein könntest, als du selbst wusstest, also beeilte ich mich, zu dir zu kommen.«

»Du wusstest also nicht, dass ich ein Messer an der Kehle hatte?«

»Nein, wirklich nicht. Ich habe mich nur beeilt, weil erfahrungsgemäß Zeit eine große Rolle spielt. Ich sah dich mit jemand in der Küche, also dachte ich, ich winke mal herein, damit du mich bemerkst. Es hat einen Moment gedauert, bis ich Mallinger erkannte und sah, dass er dich bedrohte.« Wenn das keine ermutigenden Worte waren! Das hatte ich mir doch anders vorgestellt. Ich dachte, Peter sei herangebraust, weil er gespürt hatte, dass ich Hilfe brauchte, hätte mit einem Blick die Lage erfasst und das einzig Richtige getan. Weit gefehlt!

»Und dann wusste ich gar nicht, was ich tun sollte«, fuhr er fort. »Bei einem Geräusch wäre er vielleicht ausgerastet. Also bin ich erst einmal um das Haus herumgelaufen und habe überlegt, wie ich hineinkommen könnte. Als ich weder eine unverschlossene Tür noch ein offenes Fenster fand, blieb mir nur die Überraschung, wenn ich plötzlich hereingestürzt kam, noch dazu in Mallingers Rücken, so dass er sich im Reflex wahrscheinlich von dir wegdrehen würde. Aber es war riskant, denn ich wusste nicht, ob das Glas brechen und ob er sich tatsächlich von dir abwenden würde.« Mir schien, ich hatte noch viel mehr Grund, Gott zu danken, als ich bisher angenommen hatte.

Über Jens Mallinger hatte es fast jeden Tag neue Meldungen in der Zeitung gegeben. Angefangen hatte es mit seiner beharrlichen Weigerung zu sprechen am ersten Tag, gefolgt von einem spektakulären Geständnis am zweiten Tag. Eine Nacht im Gefängnis hatte ihn offenbar hinreichend motiviert, oder vielleicht war es auch das Gespräch mit seinem Anwalt. Abenteuerliche Geschichten machten die Runde, von Mallingers überirdischer Berufung, die ihn zu den Taten verleitet hatte, von einer schrecklichen Kindheit, die ihn zu dem gemacht hatte, was er jetzt war, von Blackouts und Handlungen im Affekt bis hin zu der Spekulation einer Zeitung, dass er ein seltener Fall von einer bislang so gut wie unbekannten Psychose war. Am interessantesten war für mich persönlich ein Bericht, der am Mittwoch in unserem Lokalblatt gestanden hatte. Mallinger hatte angeblich zugegeben, er hätte bewusst versucht, den Pathologen Dr. Frey mit Andeutungen und »emotionaler Erpressung« auf eine von ihm ausgelegte Fährte zu lenken, die letztendlich in der Schließung des Falles als nicht aufklärbarer Raubmord von Unbekannt enden sollte. Das erklärte das merkwürdige Gespräch, das ich auf Herrn Kellers Geburtstagsfeier zwischen den beiden mit angehört hatte. Aber Dr. Frey hatte sich nicht beeindrucken lassen, so dass die Polizei nicht einmal etwas von Mallingers Hinweisen mitbekommen hatte. –

Als wir bei mir ankamen, bat ich Peter noch herein. Er machte Tee, während ich mich um Franklins schmutzverklebtes Fell kümmerte. Durch den vielen Regen der letzten Tage war der Boden sehr aufgeweicht und das sonnige Wetter von heute reichte nicht, um ihn trocknen zu lassen. Als ich endlich ins Wohnzimmer kam, hatte mein Gast den Kamin angezündet, alles hübsch hergerichtet und eine Packung Kekse hervorgezaubert. Ich fühlte mich regelrecht verwöhnt! Es wurde spät, bis Peter aufbrach, und ich war ein kleines bisschen traurig, denn er wollte am nächsten Morgen für zwei Wochen nach England fliegen. Aber andererseits hatte er seinen Urlaub redlich verdient und ich hatte ohnehin genug zu tun, auch ohne mir um Peter und seine Zukunft Gedanken machen zu müssen. In die Zeit seiner Abwesenheit fiel obendrein der Geburtstag meiner Tante Renate, was für einige turbulente Tage sorgen würde, und dann hieß es planen für Weihnachten. Ich wollte Sabine und Frau Gerberich zu mir einladen und mit ihnen zusammen ein bombastisches Festessen veranstalten. Wenn Alex Lust hatte, war sie herzlich eingeladen, aber ich fürchtete fast, dass ihre Eltern davon nicht begeistert wären. Nun ja, wir würden sehen. Meinen Eltern musste ich auch erst noch schonend beibringen, dass ich dieses Jahr meine eigene Bescherung haben würde, und das würde nicht einfach werden.

Peter stand verlegen vor mir in der offenen Tür, wo mir fast die Zehen zu Eis erstarrten, bis er sich überwand und mich in den Arm nahm. Ich murmelte ihm »eine gute Reise« ins Ohr und war erstaunt, dass ich nicht halb so erstaunt war, wie ich es erwartet hätte. Er war eben doch ein netter Kerl. Ich sah ihm noch nach, wie er in sein Auto stieg und davonfuhr, dann ging ich wieder hinein und setzte mich zu meinen Tieren vors Feuer, um mit ihnen in die Flammen zu schauen und meinen Gedanken nachzuhängen.